Legenda Putri Sesean

Kara

Published by Kara, 2026.

LEGENDA PUTRI SESEAN

First edition. February 5, 2026.

ISBN: 979-8233147463

Written by Kara.

Buku dongeng Sastra Legenda Putri Sesean adalah karya sastra dongeng rakyat abadi sebagai warisan budaya dan literasi

BAB 1 – PENDAHULUAN: PERJALANAN WISATA COKI DATANG KE TORAJA

Setelah beberapa hari terpesona dan menyelami kekayaan wisata alam dan budaya di Toraja Utara yang memukau, Coki akhirnya tiba di kaki Gunung Sesean—sebuah kawasan yang tidak hanya terkenal akan keindahannya yang memukau, tetapi juga menyimpan nilai historis yang mendalam dan penuh kisah. Namun, tujuan Coki kali ini bukanlah menaklukkan ketinggian puncak gunung Sesean seperti banyak dilakukan setiap orang yang datang berkunjung ke tempat itu, melainkan meresapi dan menelisik kemungkinan jejak-jejak cerita yang diyakininya tersembunyi di balik kemegahan gunung yang mempesona tersebut. Baginya, Gunung Sesean bukan sekadar lanskap menawan yang memanjakan indra, atau proses geologis pergeseran lempeng tektonik, atau aktivitas vulkanik di mana magma naik ke permukaan dan erosi yang membentuk puncak-puncak tinggi dari dataran yang lebih tinggi.

Melainkan sebuah simbol agung, yang menyimpan beribu kisah dan misteri yang seolah sengaja belum terungkap.

Perjalanannya yang penuh harap membawanya ke sebuah desa kecil yang damai, terletak persis di kaki gunung yang perkasa. Desa itu tampak tenang dan bersahaja, dikelilingi oleh hijaunya ladang yang subur dan hamparan sawah bertingkat yang berundak-undak indah serta berkilau keemasan disinari mentari pagi yang hangat. Dari desa yang sunyi itu, puncak Gunung Sesean terlihat sangat jelas—menjulang tinggi dengan gagah, seolah berusaha menyentuh birunya langit, diselimuti kabut tipis yang lembut dan menambah kesan magis yang mencekam sekaligus memikat.

Coki berdiri lama di tepi jalan desa yang berbatu, memandangi siluet gunung yang kokoh dan anggun dengan tatapan penuh kekaguman. Ada sesuatu yang misterius dan kuat menggetarkan dalam diamnya puncak itu—seolah gunung Sesean adalah penjaga setia rahasia purba yang menunggu untuk ditemukan oleh jiwa yang berani.

Ia tahu, petualangannya di Toraja Utara belum usai. Justru, di sinilah, di kaki gunung yang megah dan penuh teka-teki ini, kisah yang sesungguhnya akan dimulai—sebuah kisah yang mungkin akan mengubah pandangannya selamanya tentang Desa dikaki Gunung Sesean dan gunung Sesan itu sendiri tentunya.

Setelah beberapa saat menjelajahi sudut-sudut kampung yang tenang dan asri itu, pandangan Coki tertuju pada seorang kakek. Usianya tampak sudah senja, sekitar tujuh puluhan tahun lebih, duduk dengan khidmat di sebuah Alang—lumbung padi tradisional berbentuk rumah Tongkonan khas Toraja. Kakek itu terlihat sangat fokus dan telaten, jemarinya terampil menganyam batang bambu yang sudah diiris tipis menjadi lembaran-lembaran.

Coki merasa sedikit ragu untuk mendekat, khawatir akan mengganggu konsentrasi sang kakek. Namun, rasa penasaran yang kuat terhadap misteri dan keindahan Gunung Sesean akhirnya mengalahkan keraguannya. Dengan langkah pelan namun pasti, Coki memberanikan diri menghampiri lumbung padi (alang) itu. Setelah merasa cukup dekat, ia menyapa, "Selamat pagi..." ucapnya dengan suara ramah dan senyum tulus.

Kakek itu menoleh perlahan, sorot matanya yang teduh membalas sapaan Coki. "Selamat pagi... mari sini, Nak," jawab sang kakek dengan nada hangat. Coki mendekat, lalu menyalami tangan keriput itu sambil memperkenalkan diri, "Perkenalkan, nama saya Coki. Maaf, Kek, kalau saya mengganggu."

Sang kakek hanya mengangguk, menunggu kalimat Coki selanjutnya. "Saya ingin beristirahat sebentar, sambil ingin berbincang sedikit tentang Gunung Sesean," lanjut Coki sambil menunjuk ke arah puncak gunung yang menjulang megah.

"Iya... silakan naik. Maaf kalau berantakan, banyak bambu-bambu. Ini sedang membuat ini," ucap sang kakek ramah, sambil menunjuk lembaran-lembaran batang bambu tipis yang berserakan di lantai papan. Ia menggeser beberapa tumpukan bambu, lalu mempersilakan Coki untuk naik.

Coki segera melepaskan sepatunya dan melangkah naik ke lantai kayu lumbung padi atau alang itu. "Saya Nek Sa'Pang. Semua orang di sini sudah tahu kalau mencari rumah Nek Sa'Pang," ucap sang kakek memperkenalkan diri sambil tersenyum. (Di Suku Toraja, sebutan "Nek" atau "Nenek" juga ditujukan kepada kakek. Jadi, di Toraja, semua panggilan untuk orang tua atau paruh baya ke atas adalah...". “Nenek atau di Singkat “Nek”) "Ini anak dari mana? Mau naik gunung juga, ya?" lanjut Nek Sa'Pang sambil merapikan anyamannya yang mulai terlihat rapi.

"Oh, tidak, Kek. Saya hanya jalan-jalan saja, tidak mendaki ke atas. Saya dari Pulau Jawa, tetapi orang tua saya asli Toraja, hanya saja mereka lahir dan besar di Pulau Jawa seperti saya," balas Coki, masih dengan senyum ramah di wajahnya.

"Oh, begitu. Jadi, anak ini sebenarnya orang Toraja, tetapi lahir dan besar di Jawa, ya?" ucap Nek Sa'Pang kembali memastikan, seolah ada pemahaman baru yang muncul.

"Iya... iya, benar," jawab Coki sembari mengangguk pelan dengan senyum ramah yang belum lepas dari wajahnya.

BAB 2 – NEK SA'PANG DAN KOPI LEGENDA

Tiba-tiba, Nek Sa'Pang tampak teringat sesuatu. Dia memanggil seseorang dari dalam rumah utama yang berada tepat di depan alang. "Melda!!!... oh Ma' Rio, sini sebentar dulu!" (menggunakan bahasa setempat). Tidak lama kemudian, seorang wanita yang diperkirakan berusia tiga puluhan tahun muncul dari atas teras rumah panggung. "Iya, kenapa, Pak? Ini saya sedang mencuci," jawab wanita itu dalam bahasa setempat.

"Turun ke sini dulu, buatkan tamu kita kopi," jawab Nek Sa'Pang (menggunakan bahasa setempat).

"Iya, tunggu sebentar, saya ke dapur dulu," jawab Melda (menggunakan bahasa setempat). Ia lalu turun dari rumah utama, kemudian berjalan ke belakang, menuju bangunan yang tampak lebih kecil dari bangunan utama. (Masyarakat Toraja memang memisahkan bangunan utama dengan dapur mereka, sebuah keunikan arsitektur setempat.) Coki hanya diam memperhatikan interaksi itu, sambil mengamati tumpukan batang bambu yang sudah diserut tipis. "Ini mau dibuat apa, Nek?" tanya Coki sambil memegang beberapa lembar batang bambu anyam. "Oh, ini mau dibuat tapisan beras," jawab Nek Sa'Pang sambil menggeser anyaman yang baru setengah jadi. "Yah... maklumlah, kalau ke sawah atau ke kebun saya sudah tidak kuat lagi, jadi bikin yang beginian saja," lanjut Nek Sa'Pang sambil merapikan peralatan anyaman dan bambu-bambu anyamannya.

"Jadi, bagaimana? Ada yang bisa saya bantu kah?" tanya Nek Sa'Pang. Mendengar pertanyaan itu, Coki terdiam sejenak, mencari kata yang tepat untuk memulai. "Begini, Nek," akhirnya Coki membuka percakapan, "kedatangan saya ke sini karena rasa penasaran yang besar terhadap Gunung Sesean." Ia melanjutkan dengan nada penuh harap, "Mungkin Nek Sa'Pang pernah mendengar cerita-cerita dari orang zaman dahulu tentang gunung itu?" Dalam benaknya, terlintas harapan bahwa sosok sepuh di hadapannya ini menyimpan kisah misteri tentang Gunung Sesean.

"Yaah... kalau cerita-cerita zaman nenek moyang kami dulu memang ada," jawab Nek Sa'Pang sambil mengarahkan pandangannya lurus ke puncak Gunung Sesean. Mendengar ucapan itu, Coki merasakan kegembiraan. Senyumnya merekah, dan ia tanpa sadar memajukan posisi duduknya. "Cerita tentang apa, Nek?" tanya Coki, sangat berharap mendapatkan jawaban yang akan memuaskan rasa ingin tahunya.

"Yaah... sekadar cerita rakyat zaman dulu," jawab Nek Sa'Pang santai, sambil mengeluarkan *sepu'* dari dalam sarungnya, (sebuah kantong kain yang biasa digunakan untuk menyimpan sirih, tembakau, atau kertas rokok). "Seperti apa itu, Nek?" tanya Coki dengan raut wajah serius. "Biasalah, dulu kan tidak seperti sekarang, sudah ada listrik, televisi, hape," ujar Nek Sa'Pang sambil mengeluarkan kertas rokok dan mencacah tembakau di atasnya. Coki hanya mengangguk-angguk tanpa suara, menunggu kelanjutan cerita dari Nek Sa'Pang. "Dulu, setelah makan malam dan sebelum tidur, nenek-nenek kami sering bercerita tentang Gunung Sesean yang ada di belakang sana," lanjut Nek Sa'Pang sambil menggulung tembakau ke dalam kertas rokok. "Tentang apa, Nek?" tanya Coki singkat. "Yaah... namanya juga cerita rakyat, yang dari generasi ke generasi ceritanya bisa berubah," jawab Nek Sa'Pang dengan suara datar, masih fokus menggulung rokok tembakaunya. Tak lama kemudian, Saat Coki belum sempat melanjutkan pertanyaannya, dari arah dapur muncul Melda, anak perempuan Nek Sa'Pang, datang membawa dua gelas kosong dan sebuah teko aluminium kecil. Uap air panas dengan aroma kopi khas Toraja menyeruak dari mulut teko. Coki yang duduk di lumbung bersama Nek Sa'Pang ikut mencium aroma kopi yang dibawa Melda yang semakin mendekat. "Wah... aromanya enak sekali, Tante," ujar Coki kepada Melda yang menghampiri mereka. "iya kebetulan baru selesai di tumbuk juga kemarin" Jawab Melda sambil meletakan gelas dan teko kecil diatas lantai kayu, "oh jadi ini kopi dari kebun sendiri?" tanya Coki dengan antusias "iya.. itu kebunnya di belakang rumah" tunjuk melda, sambil berlalu meninggalkan Coki dan Nek Sa'Pang di alang (lumbung padi).

"Jadi, Nenek tidak pernah beli kopi?" tanya Coki.

"iya, dari saya lahir sampai sekarang belum pernah beli kopi, tapi kalau jual kopi selalu," ucap Nek Sa'Pang sambil tersenyum tipis.

"Jadi, belum pernah merasakan kopi dari luar?" tanya Coki, tampak penasaran.

"Emmm... sepertinya pernah," jawab Nek Sa'Pang sambil mencoba mengingat. "Iya, pernah cucu saya datang membawakan kopi yang dibungkus plastik mengkilap. Saya disuruh coba, tapi waktu saya coba, rasanya seperti jagung hangus, terlalu manis sekali. Jadi, langsung saya tumpahkan saja ke tanah," lanjut Nek Sa'Pang sambil mengingat kejadian itu dan diakhiri dengan tawa kecil.

"Jadi, setelah itu tidak pernah lagi mencoba kopi-kopi instan dalam kemasan plastik?" tanya Coki, yang sebenarnya sudah tahu jawabannya.

"Iya, sudah tidak pernah lagi. Kebun kopi saya saja banyak, orang-orang dari kota sering datang sama saya untuk membeli kopi," balas Nek Sa'Pang, lalu menghisap kembali rokoknya.

"Ayo... ayo, silakan kopinya dituang sendiri," Nek Sa'Pang mempersilakan Coki.

"Iya... iya, Nek. Izin saya tuang kopinya dulu," kata Coki sopan. Nek Sa'Pang asyik menikmati rokok tembakaunya, sementara Coki menuangkan kopi panas ke dalam gelasnya, lalu sekalian menuangkan ke gelas Nek Sa'Pang. Pria tua itu hanya menganggguk kecil ketika melihat kopi dituangkan ke dalam gelasnya.

"Tapi saya belum sarapan, Nek, jadi saya minumnya sedikit saja dulu," ucap Coki sambil menghentikan aliran kopi ke gelasnya.

"Tidak masalah," jawab Nek Sa'Pang, suaranya pelan namun tegas. "Kami di sini, baru bangun tidur langsung minum air putih, lalu minum kopi. Nah, baru sesudah itu sarapan nasi atau ubi bakar."

"Itu tidak kena asam lambung, Nek?" tanya Coki heran.

"Yah, tidaklah," jawab Nek Sa'Pang sembari tertawa kecil. "Buktinya saya ini belum pernah kena sakit mag atau asam lambung."

Coki mengangguk-angguk kecil sambil memegang gelas kopi dengan kedua telapak tangannya, merasakan hangat di telapak dan jari-jari tangannya..

"Dulu waktu masih muda, sering naik ke Puncak Gunung Sesean, Nek?" tanya Coki, nadanya penasaran.

"Itu tempat main saya waktu kecil," jawab Nek Sa'Pang sambil menatap jauh seolah melihat masa lalu. "tidak tahu sudah berapa kali saya naik ke atas bersama teman-teman. Bagaimana tidak naik, daerah itu dulu tempat main kami. Umm... apa namanya ya?" Ia terdiam sejenak, berusaha mengingat kata yang tepat. "Kalau istilahnya, kami biasa menggembalakan kerbau di sekitar Gunung Sesean. Karena waktu itu, saya dan orang tua tinggal dekat sekali dengan gunung itu, lebih dekat dari sini."

Coki menyimak dengan seksama. Kedua telapak tangannya masih merapat di sekitar cangkir kopi, menikmati hangatnya menembus kulit.

"Kebun nenek saya masih ada sampai sekarang di bawah Gunung Sesean," lanjut Nek Sa'Pang pelan, suaranya terdengar berat. "Cuma sudah jarang diolah. Yang menggarap kebun dan sawah sudah tidak ada lagi. Orang tua macam kami ini mana sanggup mengolah sawah dan kebun."

"Lho, kenapa tidak ada yang mengolah sawah dan kebunnya, Nek?" tanya Coki pelan. Padahal, sebenarnya ia sudah tahu apa jawaban Nek Sa'Pang nanti.

"Siapa yang mau?" ucap Nek Sa'Pang, suaranya lirih, matanya menatap kosong. "Anak-anak dan cucu-cucu saya saja sudah tidak tinggal di kampung. Mereka sekolah, kuliah, lalu kerja di kota. Akhirnya mereka berkeluarga dan menetap di sana."

Terlihat gurat kesedihan di wajah Nek Sa'Pang. Setiap katanya mengandung kerinduan yang tak terucap.

"Tapi sering dikunjungi kan, Nek, sama anak dan cucunya?" tanya Coki, mencoba menghibur.

"Yah, setahun sekali mereka datang. Atau... kalau saya lagi sakit, baru mereka datang. Itu pun cuma satu atau dua orang, dan baru satu hari, mereka sudah pergi lagi."

Nek Sa'Pang terdiam. Matanya menatap ke arah bukit di kejauhan. Coki pun merasa percakapan mereka terlalu jauh menyentuh luka hati Lelaki tua itu. Ia buru-buru mencari cara untuk mengalihkan pembicaraan. "diminum Kopinya Nek, nanti dingin, ini saja yang saya pegang seperti ini, sudah mau dingin" ucap Coki mengalihkan pembicaraan, "iya disini itu kopi kalau tidak cepat di minum, memang cepat jadi dingin" jawab Nek Sa'pang yang mengangkat perlahan gelas atau cangkir kopinya.

"Oh iya, Nek, kembali soal cerita rakyat zaman dulu tentang Sesean," Coki kembali ke topik sebelumnya, tak ingin melewatkan kesempatan mendengarkan cerita dari Nek Sa'Pang. "Dulu, seberapa sering cerita itu diceritakan oleh orang-orang tua, Nek?"

Mendengar pertanyaan Coki, Nek Sa'Pang terdiam sejenak, menarik napas dalam-dalam dari rokoknya, lalu menghembuskannya perlahan. Coki sabar menunggu jawaban, menyadari bahwa Nek Sa'Pang sedang berusaha menggali kembali kenangan puluhan tahun yang mungkin sudah samar.

"Jadi, dulu itu, dari cerita orang-orang tua—atau yang bisa kita sebut cerita rakyat zaman dulu—tentang gunung Sesean itu begini..." Nek Sa'Pang akhirnya membuka cerita.

Coki, yang sejak tadi menunggu, tampak lebih bersemangat. Ia menyimak dengan saksama setiap kata yang keluar dari bibir Nek Sa'Pang.

"Tapi ini kan Cuma cerita rakyat. Artinya ini bukan betul-betul kejadian dulu yang pernah terjadi," lanjut Nek Sa'Pang sambil tersenyum tipis, seperti ingin menegaskan bahwa ini bukan kejadian sesungguhnya pada waktu itu

"Iya, Nek, saya paham. Namanya juga cerita rakyat, biasa'nya ndak ada bukti sejarahnya. Cuma ditutur-tuturkan saja, dari generasi ke generasi berikutnya" sahut Coki, menganggguk, ikut menegaskan.

"Iya, betul. Nah, katanya dulu itu, Sesean itu bukan nama gunung seperti yang ada di sana sekarang..." kata Nek Sa'Pang, lalu berhenti sebentar, memandangi jauh ke arah pegunungan yang samar di kejauhan.

Mendengar ucapan Nek Sa'Pang barusan, sebenarnya Coki ingin menyela dan bertanya lebih lanjut. Namun, ia menahan diri, khawatir akan mengalihkan fokus cerita Nek Sa'Pang. Ia hanya mengangguk sebagai respons.

"Jadi, kalau menurut cerita-cerita rakyat orang jaman dulu-dulu, Gunung Sesean itu dulunya danau itu. Tapi namanya bukan Danau Sesean," tutur Nek Sa'Pang.

Lagi-lagi, Coki enggan berkomentar atau bertanya. Ia memilih untuk menyimak dan menunggu kelanjutan cerita dari Nek Sa'Pang.

Dengan tatapan kosong mengarah ke Gunung Sesean, Nek Sa'Pang kembali melanjutkan ceritanya. Ia hanya mengulang kisah yang pernah didengarnya dari dongeng atau cerita rakyat yang dulu sering diceritakan oleh neneknya.

"Nek Sa'Pang menatap jauh ke puncak gunung, lalu mulai berkisah... Tentang zaman ketika Sesean bukanlah nama gunung, melainkan nama seorang gadis, dan tepat dilokasi gunung Sesean saat ini, dulunya adalah sebuah danau yang sangat luas, luas danau itu sama persis dengan luas bentangan kaki gunung Sesean.

BAB 3 – AWAL DONGENG: SESEAN, GADIS DANAU

*Suatu Hari Perkampungan ditepi Danau dataran tinggi Negeri Lepongan bulan

Di Negeri Lepongan Bulan, terdapat sebuah danau yang amat luas, membentang sejauh mata memandang. Di pinggir danau itu berdiri beberapa desa, namun hanya ada satu desa yang letaknya benar-benar dekat, seolah menempel di tepian Danau yang tenang dan berkilau itu.

Desa tersebut dihuni oleh masyarakat yang hidup bersahaja. Mereka bekerja Sebagai petani dan pengembala ternak, bahkan ada juga yang sebagai penangkap ikan di danau. Mereka sangat memelihara *aluk* / adat dan kearifan yang diwariskan turun-temurun. Desa itu dipimpin oleh seorang kepala desa yang juga menjabat sebagai tetua adat atau biasa mereka sebut sebagai *to Mina*, bernama Pong Dongga. Ia dikenal bijaksana dan dihormati oleh seluruh rakyatnya.

Pong Dongga memiliki seorang putri tunggal yang cantik jelita, bernama Sesean, sehari-hari orang-orang memanggilnya dengan sebutan Sean. Wajah Sean menyejukkan hati siapa pun yang memandang, dan tutur katanya selalu lembut dan bijak seperti ayahnya.

Setiap empat musim sekali, seluruh *to mina* / tetua adat di seluruh desa di Negeri Lepongan Bulan akan berkumpul untuk melaksanakan ritual pengorbanan. Mereka mempersembahkan hewan ternak terbaik milik mereka sebagai ungkapan syukur kepada Sang Alam dan Penguasa Semesta, yang telah menganugerahkan kehidupan dan hasil alam berlimpah di tanah yang mereka diami.

Pagi di perkampungan tepi danau selalu dimulai dengan ritme yang menenangkan. Cahaya matahari yang lembut jatuh di permukaan air, menciptakan kilauan keemasan seperti taburan permata.

Di tepi danau, kehidupan berdenyut dengan rutinitas harian yang telah berlangsung sejak zaman nenek moyang mereka. Ada yang sibuk memandikan kerbau peliharaan di seberang jalan, ada yang mencuci pakaian sambil bersenda gurau, ada pula yang mandi atau sekadar menimba air untuk kebutuhan rumah tangga mereka.

Danau itu bukan sekadar hamparan air biasa. Ia memiliki sepuluh air terjun yang bermuara langsung ke dalamnya, serta sumber mata air yang jumlahnya tak terhitung dan tak pernah kering sepanjang musim. Bagi seluruh warga desa, danau itu adalah nadi kehidupan. Di sanalah mereka menambatkan harapan, menenun doa, dan menggantungkan kehidupan mereka sehari-hari. Dari danau, air mengalir deras menuju banyak sungai, yang dengan setia mengairi sawah-sawah hijau para petani. Dari sanalah, air suci itu kemudian disalurkan ke sumur-sumur kecil di kebun dan ladang, menjadi sebuah anugerah tak berkesudahan bagi para petani dan seluruh keluarganya.

Maka begitulah, sejak dahulu kala hingga hari ini, danau di Negeri Lepongan Bulan senantiasa mengalirkan ketenangan jiwa dan anugerah kehidupan bagi siapa pun yang mendiami tepiannya.

Pagi itu di salah satu sudut danau, Lute, pemuda berusia sekitar dua puluh tahun, sedang asyik memandikan kerbaunya. Ia menggosok punggung hewan besar itu dengan sabut kelapa yang dibalut daun dan batang rumput. Tiba-tiba, Buso datang menghampiri, tak sendirian, ia bersama beberapa temannya.

"Lute, bagaimana rencana kita kemarin? Ayo, mumpung masih pagi!" seru Buso tak sabar, mendekati Lute yang masih fokus pada kerbaunya.

Lute melirik sekilas ke arah Buso dan teman-temannya. "Tunggu saya selesai memandikan kerbau saya," jawabnya tenang, sambil berjongkok mengambil gayung dari labu parang yang sudah tua dan kering. Ia mengguyur kerbaunya beberapa kali hingga bersih. "Selama ini kan kau yang paling penasaran, mau tahu dari mana sebenarnya sumber air terjun yang di sana itu," Lute menambahkan, tersenyum tipis.

Buso menganggguk semangat. "Iya, betul! Penasaran sekali. Sudah lama kita hanya melihat dari jauh. Ada kabar saya dengar, Katanya, ada sesuatu yang luar biasa di baliknya, masa iya kalian tidak pernah dengar kabar soal itu?"

Lute menyelesaikan pekerjaannya, lalu menuntun kerbaunya dan menambatkannya di rerumputan, sekitar dua puluh meter dari tepi danau. Setelah itu, ia berbalik menghampiri Buso dan teman-temannya. Wajahnya tampak penuh antusiasme yang sama seperti mereka.

"Jadi, apa yang harus kita persiapkan?" tanya Lute sambil menatap satu per satu teman-temannya.

"Kau sudah makan belum?" tanya Leda, yang sedang duduk santai di atas rumput tanpa mengenakan baju maupun alas kaki.

"Sebelum keluar rumah tadi pagi, aku sudah sarapan. Kau pasti belum sarapan, ya?" balas Lute seolah sudah tahu jawaban Leda. Benar saja, Leda hanya menggeleng pelan.

"Kalau kamu, Ato'? Bagaimana?" tanya Lute pada Ato', teman mereka yang paling muda.

"Saya sudah tadi pagi. Mau ke mana saja, saya pasti ikut," jawab Ato' sambil tersenyum.

"Ayo kita berangkat sekarang, sebelum Sean datang," ujar Buso sambil melirik ke arah seorang gadis yang berada agak jauh dari mereka. Sean tampak sibuk membersihkan daun dan ranting yang mengambang di tepi danau.

"Kita ajak saja dia. Kalau dia ikut, kita bisa sekalian singgah ke kebunnya untuk ambil ubi dan buah-buahan," usul Leda sambil menatap ke arah Sean.

"Eeh... jangan... jangan ajak dia. Kita kan mau ke air terjun. Kalau dia tahu tujuan kita, kita bisa dilaporkan ke bapaknya," ucap Buso dengan suara cemas.

Sean adalah putri satu-satunya kepala desa. Ayah Sean memimpin seluruh desa di sekitar pinggir danau. Ia termasuk orang terpandang dan cukup kaya, serta sangat disegani oleh warga. Selain menjabat sebagai kepala desa, ayah Sean juga merupakan *to mina* / kepala adat yang menentukan hukuman bagi siapa pun yang melakukan kesalahan, baik kecil maupun besar. “iya jangan sampai dia ikut, kita bisa kena masalah besar nanti kalau dia ikut” ucap Lute menambahkan.

Sesean yang biasa di panggil Sean adalah satu-satunya anak perempuan di kelompok mereka.

Meskipun Sean lebih sering terlihat bermain bersama anak laki-laki, penampilannya tetap sangat feminin dan lembut, sama sekali tidak memiliki sifat seperti anak laki-laki. Kehadiran Sean di antara mereka membuat suasana menjadi berbeda. Ia justru lebih mendominasi, sehingga mereka tidak bisa berbuat banyak tanpa persetujuannya. Hampir semua kegiatan kelompok itu diatur oleh Sean, atau setidaknya dilakukan atas persetujuannya. Mereka selalu menuruti apa pun yang dikatakan Sean. Bukan karena Sean adalah anak kepala desa sekaligus anak *to mina* / kepala adat, melainkan karena Sean memang jauh lebih cerdas dan lebih bijaksana dibandingkan mereka. Walaupun ia putri kepala desa dan *to mina* / kepala adat, di antara semua warga desa di sekitar danau, hanya Sean yang paling peduli pada kebersihan danau itu. Hampir setiap hari, ia terlihat berjalan di tepi danau sambil memunguti sampah-sampah yang berserakan.

Akhirnya, mereka berempat berjalan meninggalkan tempat itu. Mereka terpaksa memutar arah untuk menghindari Sean. Namun sebenarnya, sejak tadi Sean sudah memperhatikan gerak-gerik mereka. Ia tahu rencana mereka, sebab sehari sebelumnya, Ato sempat bertemu dengannya dan tanpa sengaja menceritakan rencana mereka berempat.

Setelah berjalan beberapa waktu lamanya, keempat pemuda itu akhirnya tiba di bawah sebuah pohon raksasa yang rindang. Di balik pohon itu, tampaklah jalan setapak yang curam, menanjak tinggi menuju puncak bukit. Mereka berhenti sejenak di sana, beristirahat sambil memikirkan rencana selanjutnya.

Namun, di tengah perbincangan serius mereka, tiba-tiba terdengar suara yang sangat akrab di telinga mereka "Oh, jadi begini, ya, rencana kalian? Merencanakan sesuatu tanpa saya?" Suara itu mengejutkan mereka.walalupun bernada lembut tetapi terdengar menyentak. Seketika itu pula, Sean muncul dari balik pohon, membuat keempat sahabatnya gugup dan panik.

"Eh, Sean, kamu dari mana?" tanya Buso basa-basi, mencoba menyembunyikan rasa bersalahnya.

"Aku dari Danau, hanya kebetulan lewat disini" jawab Sean lembut. Meskipun Sean berbicara dengan nada tenang, jawaban lembutnya tak cukup untuk menghilangkan rasa bersalah yang meliputi hati mereka, karena telah merencanakan sesuatu tanpa sepengetahuannya.

"Iya... kami juga ke sini tanpa direncanakan. Tiba-tiba saja, tahu-tahu kami sudah ada di sini," jawab Leda sambil tertawa kecil, berusaha menutupi rencana mereka yang sebenarnya.

Sean menyipitkan matanya curiga. "Kalian semua mau melakukan apa di air terjun?" tanyanya pelan. Ia melangkah ke arah batu besar tak jauh dari pohon dan duduk di atasnya sambil menatap mereka satu per satu.

Buso terkejut. "Lho, tahu dari mana kamu kalau kami mau ke air terjun?" tanyanya terbata-bata, matanya melebar karena kaget.

Ato buru-buru memalingkan pandangannya, pura-pura sibuk melihat ke arah lain. Melihat itu, Sean spontan menoleh ke Ato, lalu menatap bergantian sahabat-sahabatnya yang memasang wajah polos, seolah mereka benar-benar tak tahu apa-apa.

"Kalian mau apa sebenarnya di hulu air terjun?" tanya Sean lagi, kali ini nadanya terdengar lembut, tapi tegas. "Kalian harus tahu... di hulu air terjun itu tidak ada harta karun. Apalagi berlian besar seperti disebarkan orang-orang."

Lute menunduk, suaranya nyaris tak terdengar saat ia berbisik, "Kami mendengar dari beberapa orang kalau di atas, di hulu air terjun itu, ada harta karun berlian yang sangat besar."

"Iya, benar Sean," sahut Buso cepat sambil mengangguk-angguk. "Sejak lama aku juga pernah dengar cerita itu... katanya di semua hulu air terjun pasti ada berlian di dalamnya."

Sean mengerutkan keningnya. "Dari mana orang-orang itu berpikir kalau di semua hulu air terjun ada berlian besar?" tanyanya, menatap mereka dengan heran.

Leda menarik napas pelan sebelum menjawab, "Katanya... air terjun itu airnya tidak pernah keruh, walaupun hujan turun berhari-hari."

"Dan..." sambung Leda sambil menatap Sean penuh harap, "yang membuat airnya tetap jernih, katanya karena di dalamnya ada berlian besar. Berlian itu menjernihkan semua air keruh dan berlumpur."

Mendengar penjelasan Leda, Sean menghela napas panjang. Ia menatap mereka satu per satu sambil menggeleng pelan, merasa penjelasan itu terdengar begitu aneh sekaligus lucu.

"Kalian tahu," ucap Sean, suaranya terdengar tenang. "Kenapa semua air terjun yang mengalir ke danau ini selalu jernih? Kata Nenekku, bahkan sejak ribuan musim yang lalu, air terjun itu tetap bening walaupun hujan turun berhari-hari."

Ia terdiam sejenak. Angin sejuk bertiup pelan menyejukkan wajah mereka. Semua sahabatnya menatap Sean, menunggu kelanjutan ceritanya.

"Itu karena semua sumber mata air terjun itu, sejak dulu hingga sekarang, tidak pernah diusik. Tidak pernah disentuh oleh tangan manusia siapa pun," lanjut Sean pelan.

Buso mengangkat tangannya, menatap Sean dengan mata berbinar. "Jadi... berlian besar itu benar-benar tidak ada?"

Sean tersenyum tipis sambil menatap mereka dengan mata teduh. “Tidak ada apa-apa di sana,” ucapnya pelan, suaranya terdengar bagai desir angin senja.

“Air terjun itu tetap jernih bukan karena ada berlian di hulunya, atau batu ajaib di dasarnya. Airnya murni sebab bersumber dari mata air yang tak pernah tersentuh tangan manusia sejak zaman dahulu, dan batu kecil dan pasir dan akar-akar pohon menyaring semua air yang keluar dari sumber mata airnya. Tapi, kalau mata air itu diganggu, maka kerusakan dan malapetaka akan menimpa seluruh masyarakat desa ini, termasuk kalian... dan juga diriku,” tutur Sean dengan nada tegas, bagai seorang penasehat bijak yang menyimpan banyak rahasia alam. Keempat sahabatnya saling menatap, mencoba memahami penjelasan Sean. Ada keraguan di wajah mereka, antara percaya atau tidak. Lute menoleh pada Buso, Leda, dan Ato. “Jadi, selanjutnya bagaimana?” tanyanya. Namun ketiganya hanya saling berpandangan, seolah menunggu satu sama lain berbicara lebih dulu. Lute menghela napas, lalu berseru, “Kenapa kalian malah saling menatap begitu?”

“Yang mengusulkan ini kan Buso,” jawab Leda cepat, tak ingin disalahkan.

“Cukup... cukup. Tidak perlu saling menuduh,” sela Sean menengahi. Tatapannya beralih pada mereka satu per satu. “Kalian berempat datang ke sini bukan tanpa alasan. Kalian semua ingin mencari berlian khayalan itu juga, kan?”

Ia kemudian berdiri, lalu berjalan meninggalkan keempat sahabatnya. Ada beberapa saat mereka hanya diam tanpa obrolan atau sepatah kata, lalu tiba-tiba Ato berdiri berjalan cepat sambil memanggil Sean.

“Sesean, Sean... tunggu!” serunya sambil berlari kecil.

Lute, Leda, dan Buso hanya menatap punggung Sean dan Ato yang menjauh. Perlahan, dengan langkah berat, mereka bertiga pun ikut menyusul. Tak ada satu pun yang menyangka, rencana yang telah mereka susun sejak beberapa hari lalu akhirnya gagal di tengah jalan.

Impian mereka untuk memiliki batu mulia itu pun sirna, hilang bersama desir angin di tepian air terjun.

Langit pagi perlahan berganti, mentari mulai meninggi. Namun, udara hutan tetap terasa sejuk oleh hembusan angin yang bertiup pelan saat mereka berjalan menapaki jalan setapak di pinggir hutan. Gemuruh air terjun yang tadinya terdengar keras, kini semakin sayup, seolah hanya bisikan jauh di antara pepohonan.

Suasana di antara mereka hening. Angin siang terus berembus lembut, membawa aroma bunga liar dan dedaunan yang masih menyimpan sisa embun pagi. Di sepanjang jalan, suara serangga tonggeret bersahutan, memenuhi keheningan dengan lagu siang yang khas. Cahaya matahari menembus celah dedaunan dan pepohonan tinggi, menciptakan bayangan panjang di atas rerumputan dan tanah yang mereka lewati.

Kelima anak itu berjalan beriringan, mengikuti jalan setapak tanpa suara. Sean yang berjalan paling depan diam, begitu pula keempat sahabatnya yang melangkah di belakangnya.

Saat mereka tiba di ujung kampung, Sean berhenti sejenak. Ia menoleh pada teman-temannya dengan sorot mata serius, meskipun bibirnya berusaha tersenyum. Dengan suara pelan namun tegas, ia berkata, "Kejadian ini tidak akan aku ceritakan pada siapa pun, apalagi kepada Bapak ku. Tapi kalian harus berjanji... jangan pernah mengusik salah satu sumber air terjun itu lagi."

Nada suaranya terdengar tegas, namun tetap mengalun lembut di setiap ujung kata, mencerminkan ketulusan hatinya. Semua sahabatnya hanya menganggguk tanpa sepatah kata pun, lalu berpamitan dan berjalan pulang ke rumah mereka masing-masing.

Sean menatap langkah mereka yang perlahan menghilang di antara rumah-rumah perkampungan. Ia merasa lega sekaligus bahagia karena telah mencegah teman-temannya merusak salah satu sumber mata air terjun itu. Dalam hatinya, ia berharap mereka memahami bahwa sumber air terjun adalah anugerah alam yang tak boleh diusik atau dirusak oleh siapa pun.

Sean melangkah memasuki pekarangan rumahnya yang luas, jauh lebih lapang dibandingkan rumah-rumah lain di sekitarnya. Matanya menelusuri setiap sudut halaman, seolah mencari sesuatu. Namun, sosok yang dicarinya tak tampak di sana. Biasanya ayahnya sedang menunggu padi yang dia jemur dihalaman depan rumah, tapi dihalaman hanya ada padi yang dijemur diatas tikar, sedang dipatuk beberapa ekor ayam, dengan buru-buru Sean mengusir ayam-ayam itu, hingga makin jauh dari padi, iya melihat ke arah samping rumah, tapi ayahnya tidak tampak. Ia segera berjalan ke halaman samping rumah, tetapi di sana pun tak ada siapa pun.

"Hmmm... ke mana Bapak dan semua orang di rumah ini?" gumam Sean pelan. Ia terus melangkah, menyusuri tepian halaman samping, hingga akhirnya menuju halaman belakang.

Di halaman belakang, Sean melihat Pak Taruk sedang duduk bersila, sibuk dengan pekerjaannya. Pak Taruk adalah salah satu orang kepercayaan Ayahnya. Usianya memang lebih muda daripada Ayah Sean, dan selama ini ia tinggal di rumah itu bersama istri serta kedua anaknya.

"Pak Taruk, lihat Bapak saya?" tanya Sean tiba-tiba, membuat Pak Taruk yang tengah serius mengukir menjadi terkejut.

Saat itu Pak Taruk sedang membuat goresan ukiran khas suku mereka di atas papan kayu berukuran satu meter kali dua meter. Ia menoleh ke arah Sean, sementara palu dan pahat masih tergenggam erat di kedua tangannya.

"Belum lama tadi Bapakmu ada di belakang saya. Katanya mau mencarimu untuk makan siang," jawab pak Taruk lembut. "Pasti mencarinya ke danau..." ucap Sean pelan, menatap tanah sejenak sebelum berbalik dan mulai melangkah pergi. "Sean, mau ke mana?" tanya pak Taruk.

"Mau ke danau, menyusul Bapak" jawab Sean sambil berhenti dan menoleh. "Tidak usah ke danau. Tunggu saja di rumah. Tadi Bapakmu bilang, jika kamu pulang duluan, tunggu di rumah," kata pak Taruk, sambil meletakkan pahat dan palunya, menatap Sean dengan sedikit rasa cemas, kalau-kalau Sean keluar mencari ayahnya.

Sean akhirnya berbalik menghampiri Pak Taruk. Pak Taruk kembali melanjutkan ukirannya dengan tenang. Sean berdiri di belakangnya, memperhatikan goresan demi goresan yang dibuat oleh tangan tua namun terampil itu. "Ukiran ini untuk rumah siapa, Pak?" tanya Sean pelan sambil menatap ukiran yang bentuknya mulai tampak jelas. Ukiran tersebut menyerupai wajah kerbau dalam satu dimensi, terpahat indah di atas kayu jati.

"Untuk rumah nenekmu," jawab Pak Taruk tanpa menoleh, tangannya tetap sibuk memahat. Sean hanya diam, terpesona melihat bagaimana alat pahat dan palu itu menuruti kehendak Pak Taruk seakan-akan kayu tersebut memahami maksud tuannya. "Katanya, sebentar lagi rumah nenekmu akan dibangun ulang," lanjut Pak Taruk sambil menghaluskan bagian ukiran yang kasar. "Jadi semua ukirannya juga dibuat ulang." "Jadi banyak ukiran yang Pak Taruk buat?" tanya Sean lagi, dengan mata masih tertuju pada ukiran Pak Taruk. "Yang membuat ukiran bukan hanya saya," jawab Pak Taruk pelan. "Masih ada beberapa orang lain yang saya suruh membantu membuat ukiran lainnya." Sambung Pak Taruk lagi. Sean hanya terdiam sejenak, tanpa niat untuk bertanya lagi. "kalau begitu. Saya masuk dulu, mungkin sebentar lagi Bapak saya pulang," ucap Sean. Ia pun berbalik pergi meninggalkan Pak Taruk yang tetap setia dengan ukirannya.

Dahulu, sebelum mengabdikan diri kepada keluarga Sean, Pak Taruk dikenal sebagai seorang pemahat yang sangat termasyhur di kampung itu. Hampir semua ukiran pada rumah-rumah adat dan lumbung padi di seluruh penjuru desa beliau kerjakan bersama para anak buahnya. Nama Pak Taruk harum semerbak sebagai pemahat ulung yang tak tertandingi. Ia sangat paham di bagian mana saja ukiran-ukiran itu harus diletakkan. Tak hanya itu, Pak Taruk juga mengerti betul jenis ukiran yang sesuai dengan tingkatan sosial orang yang memesan ukiran rumah kepadanya. Namun, sebuah kejadian tak terduga datang menghampiri, mengakibatkan Pak Taruk harus berhenti membuat ukiran dalam waktu yang sangat lama. Sejak saat itu, ia kemudian mengabdikan diri dan menjadi orang kepercayaan Pong Dongga dalam memimpin serta mengatur adat istiadat atau *aluk* di desa tersebut.

Di sekitar lingkungan desa, Pong Dongga dikenal sebagai orang yang jarang berbicara. Ia cenderung pendiam dan irit kata-kata kepada orang lain. Namun, berbeda jika bersama putri semata wayangnya. Kepada Sean, ia bisa bercerita tentang apa saja, mulai dari permasalahan yang diadukan warga desa kepadanya, hingga urusan pengolahan dan perbaikan prasarana desa.

Padahal, Sean sesungguhnya bukanlah anak kandung Pong Dongga. Konon, Pong Dongga tak pernah menikah lagi setelah istrinya meninggal dunia, tenggelam di danau beberapa hari usai pernikahan mereka. Desas-desus pun santer beredar, mengatakan bahwa istri Pong Dongga sengaja dijadikan tumbal bagi Dewi Penunggu Danau. Konon, hal itu dilakukan agar danau tersebut senantiasa memberikan air yang jernih meski kemarau panjang melanda. Dan terbukti, memang benar adanya, meski musim kemarau tiba, danau itu tak pernah kering atau dangkal. Seluruh air terjun yang bermuara di sana tetap mengalir sepanjang musim, begitu pula dengan mata air yang tak pernah berhenti memancarkan alirannya. Enam musim kemudian, atau sekitar tiga tahun setelah tragedi tenggelamnya istri Pong Dongga di danau, Pong Dongga hendak pergi ke kebunnya. Entah apa yang ada di benaknya, ia sengaja memilih jalan melewati salah satu air terjun yang tak jauh dari kebunnya. Dan tak jauh dari air terjun itu, ia menemukan sebuah keranjang bambu. Di dalamnya, terbaring seorang bayi perempuan yang cantik jelita. Bayi itulah Sean, yang kemudian Pong Dongga besarkan hingga kini.

Malam itu, sebelum beranjak tidur, Sean melihat ayahnya duduk termenung di ruang tengah. Sejenak, ia berdiri memikirkan sesuatu, ragu apakah harus menghampiri sang ayah atau tidak. Namun, ada hal penting yang ingin ia tanyakan. Akhirnya, perlahan Sean mendekati ayahnya.

"Bapak belum tidur?" sapa Sean pelan.

Ayahnya menoleh ke arah Sean dengan senyum hangat. "Belum, mungkin sebentar lagi," jawab sang ayah. "Memang ada apa?" tanya beliau kemudian.

"Sean mau bertanya, apakah Bapak sudah mendengar kabar-kabar di luar sana?" tanya Sean sambil sedikit menjelaskan, "Konon, di semua mata air terjun tersembunyi berlian yang sangat besar, ukurannya bahkan lima puluh kali kerbau jantan dewasa?"

Mendengar pertanyaan Sean yang terasa tak masuk akal itu, ayahnya hanya tertawa pelan. Beliau menatap putrinya dalam-dalam sebelum berbicara dengan suara bijak. "Sean, dengarlah baik-baik," kata ayahnya lembut. "Sejak Bapak masih kecil, kabar bohong itu sudah sering Bapak dengar. Bahkan, beberapa hari yang lalu, Bapak mendengar lagi kabar burung itu berembus di kampung."

"Lalu... kita harus bagaimana, Pak?" tanya Sean dengan nada agak khawatir.

"Bapak sudah meminta orang-orang Bapak untuk memberi tahu ke seluruh orang di seluruh kampung untuk berhenti membicarakan dan menyebarkan kabar bohong ini," jelas sang ayah, "agar masyarakat tidak datang berbondong-bondong dan merusak semua sumber mata air terjun". Ucapan ayahnya cukup menenangkan hati Sean untuk sementara waktu. Namun, ia masih merasa cemas. "Sean tidak bisa membayangkan... bagaimana kalau mereka benar-benar merusak sumber mata air terjun hanya demi mencari batu berlian bohong itu," ucap Sean pelan. Ayahnya tersenyum getir. "Dulu, saat Bapak masih kecil, ketika kabar bohong itu pertama kali beredar, memang ada beberapa orang yang sempat merusak salah satu sumber mata air terjun." "Akhirnya mereka menemukan apa?" potong Sean penasaran. "Mereka tidak menemukan apa pun," kenang sang ayah. "Mereka hanya menimbulkan kerusakan. Selama beberapa musim, air dari mata air itu menjadi keruh, hingga akhirnya perlahan kembali jernih." "Lalu, setelah itu apa yang terjadi?" tanya Sean dengan wajah serius sambi berjalan mendekat ke Ayahnya. "Setelah itu, mendiang kakek Bapak mengadakan ritual pengampunan di tepi danau selama tiga hari tiga malam," jawab sang ayah tenang. "Dan orang-orang yang telah merusak sumber mata air itu diusir dari kampung bersama keluarga mereka."

"Apakah mereka benar-benar tidak pernah kembali lagi ke kampung kita?" tanya Sean dengan nada khawatir.

"Ada... Beberapa musim yang lalu, Bapak sempat bertemu dengan salah satu anak keturunan mereka," ujar sang ayah, "katanya mereka hanya berkunjung sebentar. Setelah itu, Bapak tidak pernah melihat dia lagi."

"Tapi... apakah mungkin orang yang Bapak temui itu, dia juga yang menyebarkan cerita bohong ini?" tanya Sean, curiga. "Mungkin saja dia," jawab sang ayah pelan, "atau mungkin juga salah satu dari keluarganya. Karena masyarakat desa di sini tidak mungkin mau menyebarkan kabar bohong seperti itu. Kecuali..."

Ucapan sang ayah terhenti. Ia menimbang kalimat yang akan diucapkannya. "Kecuali apa, Pak?" Sean menatap ayahnya dengan serius. Ayahnya menarik napas dalam. "Ya... kecuali mereka sudah terhasut, hingga menganggap kabar bohong itu masuk akal."

Mendengar jawaban ayahnya, Sean terdiam. Ingatannya melayang pada peristiwa siang tadi, saat keempat sahabatnya tampak begitu yakin bahwa kabar bohong itu adalah kebenaran. Bahkan, mereka sudah berniat merusak salah satu sumber mata air terjun demi mencari batu berlian yang katanya tersembunyi di sana.

Sean menatap lantai dengan hati gelisah. Ia khawatir jika masih ada orang lain yang memiliki pemikiran sama seperti Buso, Leda, Lute, dan Ato.

"Sean, kalau kamu sudah mengantuk, pergilah tidur," ucap ayahnya sambil berdiri dan melangkah menuju kamar. "Iya... iya, Pak... sebentar lagi Sean ke kamar," jawab Sean dengan nada datar.

Pikirannya masih dipenuhi bayangan keempat sahabatnya. Ia berharap, semoga saja kabar bohong itu berhenti di mereka berempat. Jika tidak, kekacauan besar akan melanda kampung mereka.

Hampir semalaman Sean tak dapat tidur. Perbincangannya dengan sang ayah terus terbayang di benaknya. Pagi itu, saat fajar hampir sempurna menguap di ufuk timur ketika Sean telah bersiap meninggalkan rumahnya. Udara dingin masih menempel di kulit, menimbulkan desau kecil pada napasnya yang berembun.

Untuk melindungi tubuhnya dari dinginnya udara pagi ini, Ia mengenakan semacam kain selendang tebal panjang bermotif khas merah dan hitam, dibagian bawah kain terdapat renda merah di kedua sisinya. ia menutupi kepalanya hingga ke badan. Kain itu berkibar pelan setiap kali langkahnya berayun, menyiratkan bayangan senyap di jalan setapak yang masih redup.

Sean melangkah menyusuri jalan setapak kampung, cahaya matahari mulai samar memencar dari sela-sela dedaunan. Embun pagi berkilau seperti butiran mutiara di ujung-ujung rumput, memantulkan sinar lembut sang mentari. Ia berjalan cepat, seolah tak ingin menunda langkahnya. Setiap langkah kakinya menyapu rerumputan yang basah, menimbulkan riak kecil embun yang menetes dan membasahi kakinya. Namun ia tak peduli pada dingin yang menggigit kulit, sebab hatinya dipenuhi rasa penasaran yang menuntunnya pagi itu – menuju rumah Buso. Sesampainya di sana, ia berjumpa dengan ibu Buso yang sedang menyapu dihalaman di depan rumah.

Setelah mengucapkan salam dengan sopan, Sean segera menyampaikan tujuannya. "Ibu... saya mau bertemu Buso," ucap Sean dengan nada lembut.

"Ooh... tadi pagi sekali, Lute datang menjemput Buso," jawab ibu Buso sambil menatap Sean penuh selidik. "Katanya, ada sesuatu yang sangat penting yang akan mereka kerjakan hari ini."

Ibu Buso makin mendekat, menghampiri Sean yang hanya berdiri diam di depan pagar. Tangannya masih menggengap sapu lidi yang terbuat dari batang daun Nira,

Sean menarik napas panjang. Ia menduga pasti ada sesuatu yang tidak beres dengan sahabatnya itu. Apakah mereka akan pergi ke air terjun sepagi ini, agar luput dari pengetahuannya?,

Setelah berpamitan kepada Ibu Buso, Sean segera bergegas menuju rumah Lute. Jarak rumah Lute dan Buso memang tidak terlalu jauh. Sepanjang perjalanan, pikirannya semakin berkecamuk. *Ada apa sebenarnya?* batinnya. *Kenapa Buso sepagi ini sudah berada di rumah Lute?*

Sejak kecil mereka berlima selalu bersama, dan tak pernah sekalipun Lute menjemput Buso sepagi ini. Kalau pun ada hal penting yang ingin mereka lakukan, pasti selalu dengan sepengetahuan Sean. Namun kini, mereka mulai merahasiakan sesuatu darinya. Padahal, tanpa mereka sadari, Sean adalah ketua tak resmi dalam perkumpulan mereka.

Rumah Lute sudah semakin dekat, terlihat asap mengepul tipis dari dapur rumah Lute. Sean mempercepat langkahnya. Dari kejauhan, ia melihat Buso dan Lute sedang duduk di lumbung padi sambil berbicara dengan serius. Mereka belum menyadari kedatangannya. Sean berhenti sejenak, memikirkan sesuatu, lalu hendak melanjutkan langkahnya. Namun tiba-tiba, dari dalam rumah, tampak Leda berjalan menghampiri Buso dan Lute sambil membawa beberapa potong ubi rebus. Kalau sudah urusan makanan, memang Leda tiada tandingannya.

Sean perlahan melangkah menghampiri ketiga sahabatnya. Dari jaraknya saat ini, ia sudah bisa mendengar apa yang mereka perbincangkan.

"Kalau saya, tidak perlu banyak-banyak. Cukup sebesar ubi ini saja," ucap Lute seraya mengangkat sepotong ubi rebus, memperlihatkannya tepat di depan mata kedua sahabatnya.

"Kalau saya, cukup tiga buah sebesar itu," timpal Buso sambil tertawa kecil, "nanti akan saya gunakan untuk membangun rumah besar dan membeli banyak kerbau."

"Memangnya, batu berlian itu sebesar apa?" tanya Leda sambil terus mengunyah ubi rebusnya. "Benarkah besarnya lima puluh kali lipat dari kerbau jantan dewasa?"

"Kalau kabar yang beredar, memang begitu," jawab Buso pelan. "Lalu... bagaimana kita akan membawanya pulang?" tanya Leda lagi, penasaran. "Kita pecah-pecah saja, lalu bawa sedikit demi sedikit," jawab Lute dengan mata berbinar penuh semangat.

Tidak ingin khayalan sahabat-sahabatnya semakin menjadi-jadi, Sean segera melangkah mendekat. Ia langsung meraih ubi rebus dari piring yang diletakkan di atas lantai papan. Ketiganya terkejut melihat Sean tiba-tiba sudah berada di tengah-tengah mereka.

Namun Sean hanya bersikap santai. Ia memotong ubi rebus yang dipegangnya, lalu memasukkannya ke mulut dan mulai mengunyah pelan. Seketika itu juga, semua aktivitas mereka terhenti. Leda mendadak berhenti mengunyah, begitu pula Buso dan Lute. Mereka hanya saling pandang, bingung tak tahu harus berkata apa.

"Minum untuk saya mana?" tanya Sean santai kepada teman-temannya.

"Iya, tunggu sebentar," jawab Buso cepat. Ia langsung berlari kecil menuju dapur untuk mengambilkan kopi hangat untuk Sean. "Sean, kenapa kamu tahu kalau kami sedang di rumah Buso?" tanya Lute, masih bingung bagaimana Sean bisa tiba-tiba muncul di sana.

"Kita berlima sudah berteman sejak kecil. Bahkan, kita sudah saling kenal sejak masih bayi," jawab Sean tanpa memperhatikan ekspresi Lute. "Dan aku juga tidak terlalu bodoh untuk menebak arah pikiran kalian," lanjutnya sambil meneguk salah satu minuman di depan Lute dan Leda. "Tapi aku ke sini cuma untuk sarapan bersama Lute dan Buso," ucap Leda cepat, tak mau disalahkan. "Iya... iya, tidak apa-apa. Tapi aku dengar semua pembicaraan kalian tadi," ujar Sean enteng. "Iya, Sean... kami sengaja merahasiakan semuanya darimu. Tapi kalau kamu ikut, kamu akan dapat bagian yang lebih besar," Lute mencoba membujuk Sean. "Kalaupun itu benar, aku tetap tidak butuh batu berlian sebesar apa pun," jawab Sean tenang.

"Iya, jelas saja kamu tidak butuh. Bapakmu 'kan yang paling kaya di kampung kita," sahut Buso, yang baru datang dari dapur sambil membawa secangkir kopi. Ia meletakkannya tepat di depan Sean.

"Bukan soal itu," kata Sean. "Apa kalian tidak pikir, sumber mata air terjun itu sudah menghidupi kita semua, sejak zaman nenek moyang kita sampai sekarang, dan akan terus menghidupi keturunan kita kelak."

"Tapi tidak semua mata air terjun itu akan kami gali, Sean," jawab Buso berkilah. "Ooh... tidak mungkin hanya satu yang akan kalian dan orang-orang lainnya rusak," balas Sean pelan, namun suaranya terdengar tegas di antara desir angin pagi diantara pepohonan di halaman rumah Buso.

"Bolehkah saya tahu, dari mana kalian mendengar kabar ini? Dan siapa saja yang sudah mengetahui berita tentang harta karun di mata air terjun itu?" tanya Sean, suaranya tenang namun dalam. Sejenak suasana menjadi sunyi. Ketiganya hanya saling pandang, menunggu siapa yang akan membuka suara lebih dulu.

"Waktu itu kami sedang di danau, aku dan Lute," akhirnya Buso angkat bicara. "Tiba-tiba kami dihampiri oleh seorang lelaki asing, kira-kira usianya hampir sama dengan Ayahku. Katanya, keluarga dia dulu pernah tinggal di kampung ini, tapi itu sudah lama sekali."

"Lalu?" tanya Sean singkat.

"Katanya, dulu keluarganya pernah menggali salah satu sumber mata air terjun itu dan menemukan batu berlian yang sangat besar. Tapi karena keluarganya tidak mau membagikan berlian itu kepada warga kampung, akhirnya mereka diusir dari sini," lanjut Buso. "Iya, benar, Sean," sambung Lute dengan wajah bersemangat. "Katanya, keluarganya sampai sekarang masih kaya raya karena batu berlian itu. Makanya dia kembali ke sini untuk mengambil lagi berlian yang masih ada di hulu mata air terjun."

"Dia tidak mengatakan, kepada siapa saja dia telah menceritakan berita tentang berlian itu?" tanya Sean dengan nada serius. "Dia bilang sudah memberitahu beberapa orang," jawab Lute pelan, "tapi dia tidak menyebutkan siapa saja orang-orang itu."

Sean menghela napas pelan. Tatapannya kosong menembus pepohonan di depan rumah Buso. Dengan suara lirih namun tegas, ia berkata, "Apakah kalian tidak berpikir... mengapa dia menyebarkan kabar itu? Mengapa bukan dia sendiri saja yang mengambilnya?. "Buso cepat menjawab, merasa ucapannya sudah tepat, "Katanya, dia tidak sanggup menggali sendirian. Dia butuh banyak orang untuk membantu."

Sean menatap Buso dan kedua sahabatnya dalam-dalam lalu berkata, "Kalau begitu... mengapa dia tidak mengajak keluarga atau temannya? Tidak mungkin dia hidup tanpa keluarga. Tidak mungkin juga ia tak memiliki seorang teman pun, bukan?"

Ketiga orang itu terdiam mendengar kata-kata Sean. Hening menyelimuti mereka. Perlahan Sean menunduk, lalu melanjutkan ucapannya dengan suara sendu namun tegas, "Jangan sampai kalian dan semua penduduk kampung ini menyesal karena tindakan yang tidak benar."

Setelah berkata demikian, Sean berbalik meninggalkan rumah Buso, meninggalkan tiga sahabat masa kecilnya, dalam diam yang penuh rasa tanya dan penasaran.

Hari itu, Sean melangkah menuju danau. Entah mengapa, ia tak pernah bisa melewatkan sehari pun tanpa melihat dan menyentuh air danau itu. Sejak ia masih bayi, Pong Dongga, ayahnya, selalu membawanya ke danau. Bahkan, sejak kecil, Sean dimandikan di danau oleh sang ayah. Itulah sebabnya danau itu telah menjadi bagian dari hidup dan jiwanya.

Sesampainya di tepian danau, Sean duduk sambil merendam kakinya ke dalam air yang sejuk. Ia menatap tenang permukaan air yang berkilauan diterpa matahari pagi. Tak lama kemudian, Pong Dongga datang menghampirinya. "Sean... ayo kita pulang dulu, Nak. Kamu tadi ke mana? Mengapa tidak sarapan dulu sebelum pergi?" sapanya lembut.

Sean menoleh pada ayahnya dengan senyum kecil. Ia lalu meraih lengan sang ayah dan memeluknya erat. Bersama-sama, mereka berjalan pulang menapaki tanah berumput basah di tepi danau. tanpa menyadari bahwa hari itu akan menjadi hari yang mengubah takdir mereka selamanya.

BAB 5 – AWAL KESERAKAHAN

Kabar tentang batu berharga yang konon mampu membuat siapa pun kaya raya, perlahan mulai menyebar di antara penduduk desa.Meski demikian, tak seorang pun berani membicarakannya di tempat umum. Mereka tahu, perkara batu berharga itu adalah hal yang sangat sensitif. Terlebih lagi, beberapa hari sebelumnya, orang-orang suruhan Pang Dongga telah berkeliling kampung, menegaskan bahwa mereka tidak boleh percaya pada kabar tersebut.

Masyarakat sangat menghormati Pang Dongga. Selain menjabat sebagai kepala kampung, beliau juga *to mina* / ketua adat di kampung itu, , yang bijaksana. Itulah sebabnya, tak ada seorang pun yang berani bertindak gegabah mengenai rumor tersebut.

Pada suatu sore yang teduh, ketika matahari mulai condong ke barat dan angin berembus pelan menyejukkan halaman, Pong Dongga duduk berbincang dengan Pak Taruk, orang kepercayaannya. Mereka bercakap-cakap di pendopo kecil di belakang rumah Pong Dongga. Tempat itu amatlah pribadi, hanya dapat diakses oleh penghuni rumah.

Biasanya, menurut aluk / adat suku mereka, tamu akan dijamu di lumbung padi yang berada di bagian paling depan rumah. Namun kali ini, pembicaraan mereka berlangsung di pendopo belakang, jauh dari mata dan telinga orang lain. "Orang-orang di kampung mulai membicarakan lagi soal batu berharga itu secara sembunyi-sembunyi, Pak," ucap Pak Taruk dengan nada khawatir. Ia menatap Pong Dongga dengan sorot mata cemas. "Apakah kita perlu bersikap lebih tegas tentang hal ini?"

Pong Dongga menarik napas panjang sebelum menjawab. Nampak jelas dari gurat wajahnya bahwa ia menyimpan kekhawatiran yang sama. Setelah beberapa saat terdiam, ia berkata pelan, "Jangan, Taruk. Kita belum perlu mengambil tindakan yang lebih tegas. Aku khawatir, jika kita terlalu keras, justru akan menimbulkan kecurigaan. Mereka akan mengira berita itu benar, lalu menuduh kita menyembunyikan sesuatu dari mereka."

Pak Taruk menunduk, namun kegelisahan hatinya belum juga hilang. "Tapi, Pak..." ucapnya lagi, suaranya sedikit tertahan, "Saya khawatir, bagaimana jika sudah ada di antara mereka yang mulai merencanakan penggalian di mata air terjun itu?"

Mendengar kata-kata yang penuh kecemasan itu, Pong Dongga terdiam lama. Pandangannya beralih ke arah teras belakang rumah, seolah sedang mencari sesuatu. Tak lama kemudian, muncullah Sean di pintu belakang. Ia melangkah pelan menghampiri ayahnya dan Pak Taruk yang duduk tak jauh dari teras. Sean tahu benar, ada perbincangan yang sangat penting dan serius di sore itu. Ia hanya menatap ayahnya dalam diam, menunggu waktu yang tepat untuk berbicara. Saat ia sudah berdiri di hadapan mereka, Sean berkata dengan suara perlahan, namun jelas, "Buso, Lute, Leda, dan Ato sudah tahu soal berita ini." Seketika, kalimat Sean itu membuat wajah kedua orang tua itu semakin cemas.

"Selain mereka, siapa lagi yang tahu?" tanya Pong Dongga kepada putrinya, nada suaranya penuh kekhawatiran.

"Kemungkinan keluarga mereka masing-masing, Ayah," jawab Sean menduga.

"Pak Taruk," pinta Pong Dongga dengan suara tegas, "malam ini saya minta tolong, sebar orang-orangmu ke seluruh desa. Cari tahu seberapa besar berita ini telah menyebar ke seluruh pelosok kampung."

"Baik, Pak," jawab Pak Taruk sigap. "Saat ini juga saya akan kumpulkan mereka semua, dan melakukan seperti yang Pong Dongga minta."

Tanpa menunda lagi, Pak Taruk segera pergi, meninggalkan Sean dan ayahnya. Kedua orang itu terdiam, memandangi Pak Taruk yang melangkah menuju teras belakang lalu berbelok menghilang di balik halaman samping rumah. Suasana hening menyelimuti pendopo, diiringi hembusan angin yang membawa serta kekhawatiran yang kian dalam.

Suara gemericik mata air yang mengalir dari berbagai penjuru bersahut-sahutan dengan sayup suara air terjun di kejauhan. Air itu terus mengalir tanpa henti, menumpahkan dirinya ke danau yang luas dan tenang. Sesekali, angin bertiup kencang, menari-nari di antara pepohonan, menyejukkan seluruh perkampungan di sepanjang tepian danau.

Bagi masyarakat desa yang berdiam di tepian danau serta daerah sekitarnya, semua itu sudah menjadi melodi kehidupan sehari-hari. Mereka hidup berdampingan dengan alam, seolah suara-suara itu adalah bagian tak terpisahkan dari denyut nadi mereka.

Namun, siapa sangka, di balik keindahan dan kesejukan suara alam itu, diam-diam mengalir rencana jahat di hati sebagian warga. Mereka ingin merusak sumber mata air demi mengejar impian palsu tentang harta yang belum tentu nyata.

Di sebuah gazebo kecil yang berdiri di pinggir danau, yang bentuknya menyerupai rumah panggung, tampak lima orang pria duduk bersila di atas lantainya. Gazebo itu tidaklah besar, namun cukup untuk menampung delapan sampai dua belas orang dewasa. Di bawahnya, dua orang anak muda yang kira-kira usianya sekitar sembilam belas atau dua puluhan tahun, berdiri seperti sedang mengawasi sesuatu.

“Randa, jangan hanya berdiri di situ. Awasi siapa saja yang mendekat ke sini,” ucap seorang laki-laki yang duduk di atas gazebo. Usianya sekitar empat puluh lima tahun, wajahnya tegas dan matanya tajam. Dialah Pak Lino.

“Iya, Pak Lino. Tenang saja. Saya akan perhatikan siapa pun yang mendekat atau sekadar lewat di sekitar sini,” jawab Randa cepat, menenangkan hati Pak Lino.

"Kamu tahu kan, siapa saja orang-orangnya Pak Kepala Desa?" tanya seorang laki-laki lain yang usianya tak jauh beda dengan Pak Lino.

"Tenang saja," jawab Randa sambil menatap mereka satu per satu. "Siapa yang tak kenal dengan orang-orangnya Pong Dongga?"

Pertanyaan itu seolah menjadi penenang bagi semua yang duduk di atas gazebo. Namun Pak Lino belum puas. Ia menatap mereka dengan sorot curiga.

"Siapa di antara kalian yang sudah pernah didatangi orangnya Pak Kepala Desa?" tanyanya.

Semuanya saling berpandangan, lalu menyahut hampir bersamaan. Ternyata mereka semua sudah pernah didatangi oleh orang-orang suruhan Pong Dongga. Pesan yang mereka terima sama, yakni larangan untuk tidak mengusik satu pun mata air terjun di sekitar danau.

"Saya sudah dua kali bertemu dengan mereka," ucap Pak Roson yang sejak tadi hanya diam mendengarkan. Ia menghela napas panjang, lalu melanjutkan kata-katanya dengan suara pelan namun sarat tanya, "Saya heran, mengapa orang-orangnya Pak Kepala Desa begitu serius memperingatkan kita? Apakah mereka ingin menguasai semua batu berlian itu untuk diri mereka sendiri?"

"Iya... mungkin saja begitu," sahut Pak Paga, ayah dari Buso, sahabat Sean. Wajahnya tampak menegang, menahan resah di dadanya. "Buktinya, Pak Kepala Desa melarang siapa pun menggali di mata air terjun itu."

Mereka semua terdiam sejenak. Suara gemericik air dan semilir angin danau menambah tebal kegelisahan yang bersarang di hati mereka. Tak seorang pun tahu, rencana apa sesungguhnya yang sedang mereka bangun di sore yang hening itu.

"Apa gunanya kita bekerja keras di kebun dan di sawah," ucap seorang lelaki lain dengan suara serak, matanya menatap kosong ke arah danau yang mulai memantulkan cahaya senja. "Jika ujung-ujungnya, yang kita dapatkan hanya ubi atau butiran padi belaka? Batu berlian itu... cukup untuk membeli semua kebun dan hasil panen di desa ini!"

Lelaki itu adalah Pak Sesa. Matanya berbinar penuh keserakahan saat mengucapkan kata-kata itu. Ia duduk tepat di sebelah Pak Lino.

Kini, di atas gazebo kayu itu, berkumpullah lima orang lelaki tua dengan hati dipenuhi ambisi. Mereka adalah Pak Lino, yang paling vokal di antara mereka dalam memburu batu berlian itu, lalu Pak Roson yang selalu diam namun diam-diam menaruh curiga, Pak Paga ayah Buso yang mulai terbawa arus, dan Pak Sesa yang tak mampu menutupi keserakahannya.

Mereka semua larut dalam impian untuk menjadi kaya dalam sekejap. Namun mereka lupa, bahwa yang hendak mereka rusak adalah sumber kehidupan yang selama ini menghidupi mereka, anak-anak mereka, dan nenek moyang mereka turun-temurun.

Di kejauhan, air terjun tetap bergemuruh pelan, seolah menyanyikan peringatan yang tak pernah mereka dengar. Namun suara alam itu tidak mampu menenangkan hati mereka yang sudah dikuasai keserakahan.

"Apakah kalian berani mengumpulkan seluruh warga desa, lalu mendatangi rumah Pak Kepala Desa, untuk meminta izin menggali di mata air terjun itu?" tanya Pak Lino perlahan. Sebenarnya, usul itu sudah lama berputar-putar di benaknya, menunggu saat yang tepat untuk diucapkan.

Pak Paga menatapnya dengan ragu. "Apa kau yakin, Pak Lino? Jika kita mendatangi Pak Kepala Desa, apakah beliau akan mengizinkan kita menggali di mata air terjun itu?"

Pak Lino menghela napas, matanya menatap tajam ke arah teman-temannya. "Kita akan datang bersama-sama, dalam jumlah yang banyak," katanya mantap. "Dengan begitu, kita bisa memaksa Pak Kepala Desa untuk mengizinkan kita. Bagaimana menurut kalian?"

Mereka semua terdiam. Hanya suara angin yang terdengar, menggoyangkan atap gazebo yang terbuat dari serat ijuk dan di padu dengan daun ilalang. Lalu Pak Roson angkat bicara, suaranya berat namun penuh tanya.

"Selain kami yang di sini, siapa lagi yang sudah kau ajak bicara, Pak Lino?"

Pak Lino mengerutkan kening, mencoba mengingat. "Aku sudah membicarakan hal ini dengan kira-kira sepuluh orang lainnya," jawabnya pelan.

Mendengar itu, mata Pak Sesa berbinar. Ia menatap danau di depan mereka, seolah sudah melihat masa depan yang penuh kemewahan. Dengan suara bergetar menahan girang, ia berbisik, "Kalau aku sudah mendapatkan batu berlian itu, aku akan pindah dari kampung ini bersama seluruh keluargaku. Aku akan hidup kaya raya di tempat lain".

Tak seorang pun membalas kata-kata itu. Mereka semua terdiam, larut dalam lamunan tentang batu berlian yang belum tentu ada, sementara sayup bergemuruh suara air terjun dari kejauhan konstan tidak pernah berubah, menyanyikan peringatan yang tak pernah mereka hiraukan.

Tiba-tiba, suara Randa memecah kesunyian di gazebo itu.

"Ada yang datang menuju kemari," ujarnya perlahan.

Ke empat orang tua yang sedang duduk di atas gazebo pun terkejut. Lamunan mereka buyar seketika. Pak Lino menoleh penasaran. "Siapa?" tanyanya dengan nada ingin tahu. Randa menatap ke arah jalan setapak, memastikan penglihatannya tidak keliru. "Sepertinya Pak Taruk," jawabnya pelan sambil terus memandangi sosok yang mendekat. "Taruk? Ada yang janjian dengan Taruk?" tanya Pak Lino, menoleh kepada keempat rekannya.

Keempat orang tua itu saling berpandangan. Satu per satu mereka menggelengkan kepala.

"Jadi, tidak ada yang janjian dengan Taruk si pengukir, orangnya Pong Dongga?" tanya Pak Lino sekali lagi, memastikan. "Tidak," jawab Pak Roson. "Bahkan sudah beberapa hari ini aku tak pernah bertemu dengannya."

"Saya juga tidak begitu akrab dengannya," sahut Pak Sesa. "Hanya kenal sebatas nama."

Pak Lino menarik napas panjang. "Kalau begitu, kita tunggu saja. Kita lihat, dia kemari mau apa."

Tak lama kemudian, terdengarlah suara Randa dari bawah gazebo, menyapa dengan ramah ketika Pak Taruk semakin mendekat.

"Pak Taruk, bagaimana kabarnya hari ini?" seru Randa, suaranya terdengar sopan meski hanya basa-basi.

Pak Taruk menatap Randa sambil tersenyum tipis. "Iya, baik," jawabnya singkat.

Ia terus melangkah mendekati gazebo. Dari bawah, ia melihat jelas siapa saja yang duduk di atas panggung itu, karena gazebo di tepi Danau tersebut memang tidak memiliki dinding di keempat sisinya. Hembusan angin sore dari arah danau terasa sejuk menerpa wajah, atap gazebo yang sebagian terbuat dari ilalang kering ikut bergoyang diterpa angin. Tampak Pak Lino dan kawan-kawannya yang menunggu dengan tatapan penuh tanya.

"Pak Lino dan yang lainnya lagi di atas, ya?" tanya Pak Taruk, suaranya cukup keras hingga terdengar oleh mereka semua.

Pak Lino menatap ke bawah, melihat Pak Taruk menengadah ke arahnya sambil tersenyum kecil. Tiga pasang mata lainnya pun ikut memandang ke arah yang sama, menanti tujuan kedatangan Pak Taruk pada sore yang mulai temaram itu.

Setelah mengucapkan salam khas suku mereka, Pak Taruk perlahan naik menapaki satu persatu anak tangga gazebo yang jumlahnya sekitar lima anak tangga. Sesampainya di atas, kelima orang tua itu menyambutnya dengan wajah ramah dan senyum terbaik mereka. Mereka tahu, Pak Taruk adalah orang kepercayaan Pong Dongga, kepala desa mereka, dan termasuk salah satu yang disegani di kampung itu.

"Rupanya bapak-bapak sedang berkumpul di sini," ucap Pak Taruk membuka obrolan saat separuh badannya telah berada di atas panggung gazebo.

Senyumnya dibalas oleh semua yang ada disitu.

"Iya, Pak. Kami baru saja pulang dari kebun dan beristirahat di sini," jawab Pak Lino dengan ramah.

"Baguslah kalau begitu," kata Pak Taruk. "Jadi saya tidak perlu mendatangi rumah kalian satu per satu." lanjut Pak Taruk dengan Senyum ramahnya.

"Sepertinya ada hal penting yang ingin Pak Taruk sampaikan?" tanya Pak Roson penasaran.

"Iya, pasti ini penting, sebab jarang-jarang Pak Taruk datang mencari kita," sambung Pak Paga yang sejak tadi hanya diam.

Setelah Pak Taruk naik sepenuhnya ke atas gazebo, keempat orang itu bergeser merapat, memberikan tempat duduk di samping pintu masuk. Pak Taruk lalu duduk bersila, menata posisi tubuhnya. Tanpa banyak basa-basi, ia langsung menyampaikan maksud kedatangannya.

"Begini, Bapak-Bapak," ucapnya dengan suara berwibawa, namun menimbulkan seribu tanya di benak mereka yang mendengar. "Saya mendapat tugas dari Pong Dongga untuk menyampaikan satu hal penting kepada kalian semua."

"Wah, kabar apa gerangan itu, Pak Taruk?" tanya Pak Lino tak sabar.

"Iya, ada apa dengan desa kita?" timpal Pak Sesa, menatap serius.

Sementara itu, dua orang lainnya memilih diam dan menunggu kabar apa yang akan disampaikan oleh Pak Taruk.

Dengan suara tenang namun penuh wibawa, Pak Taruk melanjutkan kata-katanya,

"Pong Dongga berpesan kepada kita semua, agar senantiasa menjaga setiap mata air yang mengalir ke danau. Sebab di sanalah sumber kehidupan kita bersama. Karena itu, beliau melarang siapa pun melakukan kegiatan apa saja di mata air, termasuk di seluruh air terjun."

Mendengar penjelasan itu, keempat orang tua yang duduk di hadapannya saling berpandangan. Mereka paham benar, di balik pesan Pong Dongga itu tersirat satu larangan besar – tidak seorang pun diizinkan menggali atau mencari batu berlian di hulu air terjun.

"Apakah sebelumnya sudah ada yang menggali di sumber mata air terjun?" tanya Pak Sesa, pura-pura tidak memahami maksud larangan tersebut.

Pak Taruk menatap mereka satu per satu, lalu berkata dengan sabar,

"Maka dari itu, jika belum ada yang menggali atau merusak mata air terjun, kumohon jangan pernah berpikir untuk melakukannya. Di atas sana tidak ada apa pun, selain air jernih dan murni untuk kehidupan kita semua."

"Maaf, Pak Taruk..." tiba-tiba Pak Lino menyela.

"Iya, ada apa, Pak Lino?" tanya Pak Taruk, sedikit mengangkat dagunya menatap lawan bicaranya.

"Saya hanya ingin bertanya," kata Pak Lino, suaranya terdengar menantang, "hukuman apa yang akan diterima jika ada warga desa yang berani atau sengaja menggali mencari sesuatu di sumber mata air terjun?"

Pak Taruk menghela napas pendek, lalu menjawab tegas,

"Siapa pun yang melanggar *aluk (adat)* akan dihukum denda adat, dan seluruh keluarganya akan diusir dari desa ini tanpa diizinkan membawa satu pun harta bendanya."

Semua terdiam mendengar jawaban Pak Taruk yang tegas dan menggetarkan hati mereka.

"Saya yakin kata-kata saya sudah sangat jelas," ucap Pak Taruk menutup pembicaraan, "saya tidak akan lama di sini. Masih ada tugas lain yang harus saya kerjakan dari Pong Dongga. Mohon izin, saya pamit dulu."

Pak Taruk pun bangkit dari duduknya dan berbalik kearah pintu gazebo, lalu perlahan dia melangkah menuruni tangga, Keempat orang itu hanya menatap punggungnya sambil tersenyum kecil. Mereka memperhatikan langkah Pak Taruk menuruni tangga, setelah dibawah Pak taruk tidak berkata apa-apa lagi, dia langsung berjalan menyusuri jalan setapak pinggir danau. Ke empat orang itu terus memandangi Pak Taruk yang kian menjauh, berharap beliau segera hilang dari pandangan, agar mereka bisa membicarakan hal-hal yang tersimpan di benak mereka, tanpa ada telinga lain yang mendengarkan.

Setelah yakin Pak Taruk benar-benar pergi jauh, Pak Lino membuka suara dengan nada berbisik namun penuh hasutan,

"Larangan kepala desa itu justru membuatku semakin penasaran. Apa sebenarnya yang ada di sumber mata air terjun itu? Aku yakin, kabar tentang berlian besar itu pasti benar. Kepala desa dan para pengikutnya hanya ingin menguasai semua berlian itu untuk mereka sendiri."

Pak Lino menoleh ke tiga orang di depannya, memastikan tak seorang pun akan membocorkan ucapannya barusan.

"Kalau omongan Pak Taruk tadi benar, lalu bagaimana dengan kita yang sudah terlanjur melakukan penggalian?" tanya Pak Sesa, suaranya terdengar ragu.

"Tidak mungkin!" jawab Pak Lino cepat, menepis keraguan itu, "Itu pasti hanya siasat mereka saja untuk menakut-nakuti kita."

"Tapi... bukankah Pong Dongga sudah kaya raya? Anak beliau juga hanya satu. Untuk apa ia menimbun harta sebanyak itu?" tanya Pak Sesa lagi, mencoba mencari akal sehat di tengah pembicaraan mereka.

Pak Lino menatap tajam ke arahnya. Dengan suara yang agak meninggi ia bertanya, "Kau mau ikut bersama kami!, atau berdiri di pihak Pong Dongga?"

Melihat ketegangan mulai tumbuh, Pak Roson segera menengahi, "Sudahlah... sekarang bagaimana? Apakah kita tetap melanjutkan rencana kita?"

Pak Lino menarik napas dalam, lalu menjawab lantang, "Sedikit pun aku tidak akan mundur dari rencana ini."

Pak Roson menoleh kepada yang lain, "Bagaimana dengan kalian?"

"Jika kalian semua melanjutkan, aku akan tetap ikut," jawab Pak Paga mantap, yang disambut dengan senyum puas oleh Pak Lino.

"Baiklah, kalau begitu, aku pun tetap akan ikut jika semua setuju," ucap Pak Roson.

"Iya, aku juga tetap ikut," kata Pak Sesa perlahan, meski matanya masih tampak ragu.

Melihat semuanya setuju melanjutkan rencana penggalian, Pak Lino tersenyum lebar. Mereka pun sepakat mengindahkan larangan dan himbauan yang disampaikan Pong Dongga melalui Pak Taruk siang itu. Niat serakah mereka telah mengalahkan kebijaksanaan, dan tidak ada yang tahu, apa yang akan menanti mereka kelak di hulu mata air terjun itu.

Sementara itu, di luar sana, kabar tentang batu berlian di hulu air terjun bukan lagi menjadi rahasia. Hampir setiap warga memiliki kelompoknya masing-masing, dengan rencana yang telah mereka susun sendiri-sendiri.

Bahkan ketika Sean berada di pasar, ia mendengar banyak orang berbicara dalam kelompok-kelompok kecil, membahas tentang batu berlian yang konon tersembunyi di sumber mata air terjun. Mereka berbicara tanpa ragu, seolah tak ada lagi yang perlu disembunyikan dari percakapan mereka.

Hati Sean semakin gelisah melihat keadaan ini. Padahal, ayahnya dan orang-orang suruhan ayahnya telah berusaha keras menyampaikan kepada masyarakat, bahwa kabar tentang batu berlian itu hanyalah pepesan kosong. Mereka menekankan bahwa jika masyarakat terus mempercayai kabar bohong itu, maka mereka sendiri yang akan merusak sumber air yang menjadi kehidupan seluruh desa.

Yang membuat hati Sean semakin dirundung sedih, keempat sahabatnya kini sudah tak lagi seirama dengannya. Kilauan harta yang dijanjikan, seolah telah menutup hati mereka, hingga persahabatan yang dahulu begitu erat kini terasa semakin jauh.

Mereka pun semakin sulit ditemui. Bahkan di tepi danau – tempat mereka biasa berkumpul sejak kecil – kini tak lagi ada wajah-wajah mereka di sana. Mereka lebih sering berkumpul di pondok kebun milik ayah Buso. Kebersamaan yang dulu indah itu hilang dalam sekejap. Persahabatan mereka sejak kecil seolah sirna, terhempas oleh kilauan semu batu permata.

Siang itu, Sean pergi ke danau untuk melakukan aktivitasnya seperti biasa, membersihkan ranting dan dedaunan di tepi air. Ia tak peduli dengan tatapan orang-orang desa yang menatapnya seolah menyimpan ketakutan untuk sekadar menyapa.

Ato, yang sedari tadi duduk di bawah pohon besar, segera berdiri dan menghampiri Sean ketika melihat sahabatnya itu sudah tiba di tepi danau.

"Sean... tidak biasanya kau datang siang begini. Biasanya pagi-pagi sekali kau sudah di sini," sapa Ato lembut dari belakang.

Sean menoleh sejenak, menatap Ato dengan mata yang tampak letih, lalu kembali mengayuh tongkat kecilnya, menepikan ranting-ranting yang mengambang di tepian danau.

"ada apa?" tanya Sean perlahan, tanpa menghentikan tangannya bekerja.

"Kau ke mana saja? Aku sudah menunggumu di sini sejak tadi," kata Ato, suaranya terdengar cemas, menatap sahabatnya yang tetap sibuk membersihkan air danau.

"Tadi aku masih ada urusan di rumah yang harus kuselesaikan," jawab Sean pelan, tetap menunduk melakukan pekerjaannya.

"Aku ingin bicara sesuatu yang penting... tapi bukan di sini," bisik Ato, sambil menoleh ke kiri dan ke kanan. Ia ingin memastikan tak ada Buso, Lute, atau Leda yang melihatnya sedang berbicara dengan Sean. Sebab, sebelum mereka berhasil membuktikan bahwa harta karun itu benar-benar ada, mereka enggan berjumpa dengan Sean. Mereka ingin membuktikan bahwa kata-kata Sean tentang harta karun itu tidak benar.

"Kok kau tidak ikut-ikutan, menjauh dariku?" tanya Sean lirih, sedikit getir.

"Nanti akan kuceritakan. Sebenarnya aku sendiri masih bingung dengan apa yang sedang terjadi di kampung ini," jawab Ato pelan. Ucapannya membuat tangan Sean terhenti. Ia berbalik menatap wajah Ato.

"Maksudmu bagaimana? Apa yang kau herankan?" tanya Sean, kini berdiri menatap sahabatnya penuh ingin tahu.

"Lebih baik kita bicarakan di tempat lain. Di sini terlalu banyak orang," bisik Ato, menatap sekeliling.

"Kalau begitu, ke rumahku saja. Kau jalan duluan, nanti aku menyusul," kata Sean menepuk bahu Ato pelan.

Tanpa menunggu lebih lama, Ato pun segera berlalu meninggalkan Sean. Sementara itu, Sean kembali pada pekerjaannya semula. Beberapa orang yang kebetulan melintas menatapnya dan melemparkan sapaan basa-basi. Sean pun membalas sapaan mereka dengan ramah, meski pikirannya bertanya-tanya memikirkan hal rahasia apa yang akan dibicarakan Ato nanti.

Sean berdiri perlahan, menoleh menatap sekelilingnya. Ato sudah tak tampak lagi di jalan setapak itu. Barangkali ia hampir tiba di rumahnya. Maka Sean pun segera melangkah, menyusul Ato menuju rumahnya. Di sepanjang perjalanan menuju rumah Sean, hati Ato diliputi kekhawatiran. Sejak kejadian di hutan dekat air terjun beberapa hari yang lalu, kata-kata Sean terus terngiang di benaknya – tentang mata air terjun yang menjadi sumber kehidupan seluruh masyarakat desa. Kata Sean, bila mata air itu diganggu, maka kerusakan dan malapetaka akan menimpa seluruh warga desa.

Sesampainya Ato di halaman rumah Sean, suasana tampak lengang seperti biasa. Halaman rumah itu luas, dengan empat lumbung padi berderet rapi di sisi kana halaman rumah, masing-masing berdiri megah dengan desain khas rumah adat. Ukiran-ukiran indah menghiasi setiap dinding dan pilar lumbung padi itu, seolah menjadi saksi bisu kejayaan keluarga Sean sejak zaman dahulu hingga kini.

Ato setengah berteriak memberi salam beberapa kali, namun tak ada jawaban dari dalam rumah. Akhirnya, ia memutuskan menunggu Sean di salah satu lumbung padi. Ia duduk di lantai alang pertama sambil sesekali kembali berseru memanggil siapa saja yang mungkin ada di dalam rumah.

"Sudahlah, kau tak perlu berteriak. Sepertinya memang tak ada orang di dalam," terdengar suara Sean dari balik pagar. "Eh... Sean, kau sudah sampai juga," ucap Ato sambil tersenyum menoleh ke arahnya.

Sean berjalan mendekat, lalu duduk di samping Ato di lantai lumbung padi. Matanya menatap tenang ke arah halaman rumah yang tampak lengang.

"Apa yang ingin kau sampaikan?" tanya Sean pelan. Ia menggoyang-goyangkan kakinya yang menggantung di pinggir lantai alang, sementara kedua tangannya menggenggam erat tepi lantai kayu buangin itu.

"Mendengar rencana Buso, Lute, dan Leda yang tetap nekat mencari harta di mata air terjun... membuatku semakin kepikiran akan kata-katamu tempo hari," ucap Ato dengan suara antusias, namun wajahnya terlihat cemas.

"Kata-kata yang mana?" sahut Sean tanpa menoleh. Pandangannya tetap lurus ke depan, menembus menuju barisan pepohonan di belakang rumahnya.

"Itu... waktu kau bilang, bila sumber mata air terjun diganggu atau dirusak, maka malapetaka dan bencana akan menimpa kita semua," kata Ato perlahan, mengulang ucapan Sean beberapa hari lalu.

"Iya, memang benar," jawab Sean tenang. "Kenapa kau menanyakannya lagi?"

"Berarti... itu sebentar lagi akan terjadi," ucap Ato, nadanya gusar.

"Dari mana kau tahu bahwa bencana itu akan segera datang?" tanya Sean datar.

"Karena katanya... mulai besok, beberapa orang kampung akan mulai menggali di salah satu mata air terjun," jawab Ato, menatap Sean dengan mata khawatir.

Kali ini Sean menoleh menatap wajah sahabatnya itu. "Kau dengar dari mana kabar itu?"

"Orang-orang kampung sudah ramai membicarakannya," jelas Ato dengan nada serius. "Apalagi musim ini panen kurang bagus. Mereka berharap, bila berhasil menemukan batu berharga di sana, kehidupan mereka akan tertolong."

Sean terdiam. Ia menatap tanah di bawah kakinya tanpa berkata sepatah kata pun.

"Sean... kita harus berbuat apa?" lanjut Ato, suaranya bergetar cemas. "Aku lebih percaya kata-katamu daripada ucapan orang-orang kampung."

Sean menatap Ato dalam diam, kemudian balik bertanya, "Kenapa kau lebih percaya kata-kataku daripada mereka?"

"Karena semua orang tahu... ayahmu orang yang pintar dan bijaksana. Kata-katanya selalu benar, dan aku melihat kau pun tak berbeda dengannya," jawab Ato, tulus dari hatinya.

Sean tidak menanggapi. Ia turun perlahan dari lantai alang, menapakkan kakinya di tanah, lalu berjalan ke depan lumbung padi. Di sana ia bersandar pada salah satu pilar kayu, menatap juntai ujung-ujung ranting pohon yang mberbaris acak di samping rumahnya.

"Terima kasih atas penilaianmu, Ato..." katanya pelan, suaranya nyaris tak terdengar. "Andai saja semua orang bisa berpikir seperti dirimu.".

Ato masih tampak kebingungan. Ia turun dari lumbung padi, lalu berjalan pelan mendekati Sean. "Jadi... kita harus berbuat apa, Sean?" tanyanya dengan suara hampir bergetar. "Aku tidak mau tertimpa musibah. Adik-adikku masih kecil, Ibu sudah lama terbaring sakit, sedangkan Ayah telah lama pergi. Ayo, Sean... kita harus melakukan sesuatu! Kasihan Ibu dan adik-adikku jika mereka harus kena musibah akibat perbuatan orang lain," rengek Ato. Matanya mulai berkaca-kaca, suaranya bergetar menahan tangis.

Mendengar rengekan sahabatnya itu, hati Sean terasa iba. Ia tahu betul keadaan keluarga Ato. Meskipun Ato adalah yang termuda di antara mereka, dialah tulang punggung keluarga sejak Ayahnya tiada. Ia bekerja keras demi menghidupi Ibu dan kedua adiknya.

Pelan, Sean menepuk pundak Ato, sahabat yang sudah ia anggap seperti adiknya sendiri.

"Tenanglah, Ato... saya dan keluarga akan mengusahakan sekuat tenaga kami," ucap Sean dengan suara lembut namun tegas. "Sejak beberapa hari yang lalu, Ayah dan orang-orang kami sudah mendatangi masyarakat, meminta mereka untuk tidak merusak mata air itu. Percayalah... di sana memang tidak ada apa-apa."

Mendengar kata-kata Sean, hati Ato sedikit lega. Ia menarik napas panjang, lalu menatap langit-langit alang di atas kepalanya.

"Baiklah, Sean. Matahari sudah mulai tinggi. Saya pulang dulu. Saya belum menyiapkan makan siang untuk Ibu dan adik-adik saya," ujarnya lirih.

Namun sebelum Ato melangkah pergi, Sean menahannya.

"Ato... tunggu sebentar di sini, ya. Saya ada sesuatu untukmu," kata Sean pelan.

Sean segera bergegas masuk ke dalam rumahnya melalui halaman samping. Langkahnya cepat dan ringan. Ato hanya tersenyum kecil sambil menganggguk, menatap punggung sahabatnya yang perlahan menghilang di balik pintu rumah.

Dalam benaknya, Ato bertanya-tanya, *apa yang akan Sean berikan padaku?*

Sambil menunggu, ia menatap satu per satu lumbung padi yang berjejer rapi, menghadap ke arah matahari terbit. Hatinyapun berbisik lirih, *kapan aku memiliki satu saja lumbung padi sebesar ini?*

Ia mendekat ke salah satu lumbung, menepuk perlahan pilarnya, lalu menelusuri ukiran-ukiran indah yang terpahat di dindingnya.

Goresan demi goresan ukiran itu seolah berbisik kepadanya tentang kejayaan keluarga Sean sejak dulu kala.

Lamunannya buyar ketika Sean muncul dari arah dapur. Dengan senyum khasnya, Sean berjalan mendekat, mendekap sebuah *kapipe*—kantong tenun yang terbuat dari serat rumput *tuyu* yang tumbuh di rawa-rawa sekitar desa mereka. *Kapipe* itu berukuran sedang, tampak penuh berisi beras dan pa'kareng—daging kerbau kering yang telah diasapi.

"Ini... untuk Ibumu dan adik-adikmu. Sampaikan salamku kepada mereka. Semoga Ibumu lekas sembuh, ya..." ucap Sean lembut sambil menyerahkan kapipe dari dekapannya.

Ato menatap kapipe itu dengan mata berkaca-kaca. Suaranya terdengar lirih saat berkata, "Sean... kamu sudah terlalu banyak menolongku. Kapan aku bisa membalas semua kebaikanmu dan keluargamu?"

Sean tersenyum tipis. "Ato, kamu sudah seperti adik kandungku sendiri. Tak perlu berpikiran seperti itu. Ambil ini, ya," ujarnya pelan.

"Terima kasih banyak, Sean. Saya pulang dulu. Sampaikan salamku untuk Ayahmu dan Pak Taruk," balas Ato sambil menahan tangis haru.

Sean hanya menangguk kecil, menatap Ato melangkah pergi meninggalkan halaman rumahnya. Ia tetap berdiri di tempatnya, menatap sahabatnya itu hingga sosoknya perlahan menghilang di balik pepohonan rimbun di depan rumah, sementara angin berembus pelan membawa aroma tanah basah dan doa-doa yang diam-diam Sean titipkan bagi keselamatan keluarga Ato.

Siang begitu cepat berlalu, angin sore bertiup pelan, menelusup di sela-sela pepohonan, seolah ikut mendorong hari menuju malam. Mentari perlahan tenggelam di ufuk barat, membungkus senja dengan cahaya temaram keemasan. Namun keindahan senja itu tak mampu mengusir kegelisahan yang menyelimuti hati Sean dan keluarganya.

Di pendopo kecil di belakang rumah, Pong Dongga tampak mondar-mandir dengan wajah gusar. Beberapa kali ia berhenti, menatap kosong ke kejauhan, lalu kembali melangkah pelan mengitari pendopo. Hatinya resah. Pikirannya dipenuhi kekhawatiran yang tak kunjung reda.

Tiba-tiba, tubuhnya merasakan kehadiran sesuatu yang tak kasatmata di dekatnya. Namun, ia tetap tenang dan tidak panik. Baginya, hal seperti ini bukanlah sesuatu yang baru. Ia sudah pernah mengalami kejadian serupa.

Pelan, Pong Dongga duduk bersila di lantai kayu pendopo. Kedua telapak tangannya ia letakkan di atas lutut, lalu ia memejamkan mata, menata napas dan menenangkan pikirannya.

Tak lama kemudian, muncul asap tipis berwarna kebiruan tepat di hadapannya. Asap itu menari perlahan, semakin tebal, hingga memancarkan cahaya lembut biru kehijauan yang menyejukkan mata. Dalam diamnya, terdengarlah suara lembut seorang perempuan dari balik asap dan cahaya itu.

"Dongga... rakyatmu mulai tidak patuh padamu," suara itu terdengar tenang namun penuh kuasa. "Mereka telah mengusikku, mengusik Danau ku. Keserakahan menutup mata dan telinga mereka, hingga tak lagi mendengar nasihatmu."

Pong Dongga tetap diam bersila, menahan napas, mendengarkan dengan penuh hormat.

"Aku akan mengambil kembali cinta kesayangan yang dulu pernah kuberikan kepadamu... satu-satunya yang kini kau miliki... jika kau tak mampu mencegah mereka merusak alamku," lanjut suara itu, yang tak lain adalah suara Dewi Penunggu Danau, penjaga dan pelindung danau sejak zaman purba. Dengan suara pelan namun penuh tekad, Pong Dongga menjawab, "Baik, Dewi. Hamba akan mengupayakan seluruh tenaga dan kemampuan untuk mencegah mereka melakukan perusakan itu."

Asap tipis berwarna kebiruan perlahan memudar, menyingkap kembali gelapnya pendopo pada malam itu. Pong Dongga masih tetap duduk bersila dengan mata terpejam, menenangkan hati dan menata pikirannya sebelum bangkit menghadapi malam yang penuh tanda tanya.

Sementara itu, dari dalam dapur, Sean mengintip di balik celah daun jendela. Sejak awal percakapan ayahnya dengan Sang Dewi Penunggu Danau, Sean sudah diam-diam menyaksikan semuanya. Bahkan, telinganya sempat menangkap beberapa kalimat lembut yang diucapkan sang Dewi. Sean terus memandangi ayahnya dari tempatnya berdiri. Posisi Pong Dongga belum juga berubah. Entah mengapa, Sean merasa ragu untuk mendekat. Ia hanya menunggu dalam diam, berharap ayahnya segera bangkit dari duduk bersilanya. Lalu datang menghampiri ayahnya. Namun, setelah sekian lama menunggu dan sang ayah tak juga bergerak, akhirnya Sean menggeser Kembali papan daun jendela. Lalu dengan langkah perlahan, ia meninggalkan dapur kemudian kembali ke kamarnya.

Di atas ranjang kayu ukir, Sean menatap langit-langit rumahnya yang tinggi dan gelap. Bayangan Sang Dewi Penunggu Danau masih terngiang di benaknya, bersama suara ayahnya yang berat dan penuh hormat ketika berbicara pada sang Dewi, yang hanya tampak sebagai asap tipis berwarna kebiruan. Baru kali ini Sean melihat ayahnya berinteraksi dengan makhluk gaib seperti itu. Ia pun bertanya-tanya dalam hati, mengapa selama ini ayahnya tak pernah bercerita tentang Dewi Penunggu Danau? Apa sebenarnya hubungan ayahnya dengan sang Dewi? Dan apakah Pak Taruk juga mengetahui hal itu?. Banyak pertanyaan berputar di benaknya malam itu. Sebenarnya Sean ingin menanyakan semuanya kepada Pak Taruk. Namun, entah mengapa, ada rasa enggan yang menahan langkahnya untuk mendatangi kamar Pak Taruk malam itu. Akhirnya, semua rasa penasaran itu ia pendam dalam diam.

Sebelum matanya terpejam, Sean sempat berbisik pada dirinya sendiri,

"Apakah semua ini nyata? Ataukah hanya mimpi yang datang menjemput Ayah di malam sunyi ini?". Sementara itu, di luar sana, Pong

Dongga masih duduk bersila, menyatu dengan dingin dan senyapnya malam. Ia menanti jawaban dari alam dan para penjaga gaib yang bersemayam di tepian Danau Purba, di mana sepuluh sumber mata air terjun meneteskan rahasia mereka kepada malam.

Fajar menetes perlahan di timur, menembus celah-celah dinding papan kayu pinus rumah Pong Dongga. Cahaya keemasan menari di atas hamparan awan tebal yang masih menyelimuti perkampungan. Tanah lembap menebarkan aroma khas pagi, terasa dingin oleh sisa embun malam. Kokok ayam jantan bersahut-sahutan di kejauhan, membangunkan penghuni kampung satu per satu.

Sean terbangun dari tidurnya. Tubuhnya masih terasa letih, namun hatinya dipenuhi rasa penasaran yang mengganjal sejak semalam. Ia duduk di tepi ranjang, perikir sejenak tentang rencanaya pagi ini. Kemudian pelan-pelan, Sean bangkit dari tempat tidurnya dan berjalan menuju dapur, ruangan paling belakang di rumahnya. Sesampainya di sana, ia melihat istri Pak Taruk sedang duduk di depan tungku, mendorong kayu bakar yang menyala dengan semprong yang terbuat dari batang bambu. Asap tipis mengepul keluar melalui jendela dan celah-calah dinding rumah, membawa aroma kayu bakar yang menambah hangat suasana pagi yang dingin ini. Tidak jauh dari situ, tampak Ibu Limbong sedang sibuk menyiapkan sarapan. Ia mengatur piring dan cangkir tanah liat satu per satu dengan telaten. Ibu Limbong adalah wanita yang telah lama dipercaya oleh Pong Dongga untuk mengurus rumah mereka. Sosoknya lemah lembut dan penuh kasih, membuat siapa saja merasa teduh berada di dekatnya.

Kedua wanita itu bekerja sama dengan cekatan, memastikan sarapan pagi siap sebelum matahari naik tinggi. Sean menatap mereka sejenak, lalu tersenyum dan mengucap salam dengan suara pelan, agar tidak mengagetkan keduanya. Lalu melanjutkan langkah menuju pintu yang mengarah ke teras belakang.

Dari arah teras belakang, terdengar suara dentuman palu dan pahat. Rupanya Pak Taruk sedang mengerjakan ukirannya. Sean membuka pintu perlahan. Mendengar suara pintu dibuka, Pak Taruk menoleh ke arahnya. Senyum keduanya merekah saat saling berpandangan.

"Selamat pagi, Pak Taruk," sapa Sean lembut.

"Selamat pagi, Sean," balas Pak Taruk sambil menatapnya dengan mata ramah.

"Pak Taruk lihat Ayah saya?" tanya Sean sambil menoleh ke arah pendopo yang hanya berjarak beberapa meter dari teras belakang rumah.

Pak Taruk menghentikan pekerjaannya sejenak. "Tadi, saat masih subuh, ayahmu sudah keluar," jawabnya. "Katanya ada hal penting yang harus dia kerjakan pagi ini." Sean menunduk sebentar, lalu menatap Pak Taruk dengan mata penuh tanya. "Pak, semalam... Sean lihat Ayah berbicara dengan asap tipis dan cahaya kebiruan di pendopo. Ayah menyebutnya Dewi. Apa benar itu Dewi? Dan mengapa Ayah tak pernah bercerita soal itu pada Sean?".

Pak Taruk menghela napas panjang. Ia meletakkan palu dan pahatnya di atas meja di sampingnya. Pandangannya menembus jauh ke arah lembah yang terhampar di belakang pendopo. Matanya tampak menyimpan kisah lama yang belum pernah terucap. Seolah menarik kembali kenangan lama yang tersimpan dalam dalam ingatannya. "Sean," ucapnya perlahan, "apa yang kau lihat semalam adalah bagian dari dunia lama, dunia yang tak semua orang bisa melihatnya. Dewi Penunggu Danau itu benar adanya. Ia telah menjaga danau dan mata air kita sejak zaman leluhur. Dan tentang ayahmu... ia memang memiliki ikatan khusus dengan Sang Dewi." Sean menatap Pak Taruk dengan mata melebar, menunggu kelanjutan cerita itu. Namun Pak Taruk hanya menepuk pundaknya pelan. "Sabar, Nak. Semua akan Ayahmu ceritakan pada waktunya. Ada hal-hal yang hanya boleh dibuka ketika kau sudah siap mendengarnya. Hari ini masih panjang, dan banyak hal yang harus kau pelajari dari ayahmu."

Sean menganggguk perlahan meskipun hatinya masih dipenuhi tanda tanya.

Cahaya fajar semakin merekah, menyingkap kabut tipis yang menari di atas langit Desa. Angin pagi berhembus membawa bisikan dan rahasia yang menunggu untuk diungkap.

BAB 6 – PENGUSIKAN SUMBER AIR

Pada hari itu, Pong Dongga berencana mengumpulkan seluruh masyarakat desa di tanah lapang, bekas sawah miliknya yang terletak tak jauh dari danau. Ia ingin menyampaikan sendiri kabar penting kepada semua warga tanpa perantara.

Perlahan, tanah lapang itu mulai dipadati oleh penduduk desa. Mereka datang dengan hati penasaran, bertanya-tanya dalam diam tentang apa yang hendak disampaikan oleh Pong Dongga. Selama menjadi kepala desa sekaligus *to mina* / kepala adat, belum pernah Pong Dongga memanggil masyarakat berkumpul seperti ini. "Pasti ada hal besar yang ingin beliau kabarkan," bisik beberapa orang yang sudah berdiri di sekitar tanah lapang.

Sementara itu, di sebuah pondok kecil di pinggir lapangan, Pong Dongga telah duduk menunggu bersama Sean dan beberapa orang kepercayaannya sejak tadi pagi. Tatkala dilihatnya orang-orang telah berkumpul begitu banyak, ia pun bangkit perlahan. Dengan langkah tenang, ia berjalan menuju tengah lapangan, diikuti oleh Sean dan para pengikut setianya. Senyumnya ramah, menyapa setiap wajah yang dilewatinya.

Di atas panggung kayu kecil itu, Pong Dongga berdiri tegak. Ia menatap rakyatnya satu per satu dengan pandangan lembut, bak seorang ayah kepada anak-anaknya. Angin sore berembus pelan, menggerakkan ujung selendang tenunnya di pundak. Dengan suara lantang dan wibawa yang menenangkan hati, ia memulai orasinya.

"Wahai seluruh rakyatku yang kucintai...

Hari ini aku mengumpulkan kalian bukan untuk kabar gembira atau duka. Aku memanggil kalian ke sini karena ada sesuatu yang sangat penting, berhubungan dengan kehidupan kita semua." Pong Dongga berhenti sejenak, menghela napas, menatap danau yang berkilau diterpa cahaya senja.

"Beberapa hari ini, kudengar banyak kabar berembus di antara kalian. Kabar yang mengatakan bahwa di sumber mata air terjun itu terdapat harta tak terhitung nilainya. Ada yang bilang emas, ada juga yang mengatakan batu permata, berlian. Karena itulah, banyak dari kalian mulai tergoda mau menggali, menebang pohon, bahkan menimbun tanah di sekitar mata air."

Suara rakyat mulai gemuruh pelan. Ada yang menunduk merasa bersalah, ada pula yang menatap Pong Dongga dengan raut ingin tahu.

"Dengarlah baik-baik, wahai rakyatku...

Memang benar, di sumber mata air terjun itu terdapat harta yang nilainya tak terukur oleh emas, tak terbandingkan oleh berlian, tak dapat dibeli oleh kekayaan manapun di semesta ini. Namun ketahuilah, harta itu bukanlah batu mulia, batu berlian, atau juga batu permata. Harta itu adalah air jernih yang mengalir tanpa henti sejak nenek moyang kita pertama kali membuka kampung ini."

Pong Dongga menunjuk ke arah danau yang menampung air dari mata air terjun.

"Air itulah yang selama ini kita minum setiap hari. Air itulah yang kita gunakan untuk memasak makanan kita, Air itulah yang menghidup ternak-ternak kita, yang menyirami padi di sawah, yang menumbuhkan jagung dan ubi di kebun-kebun kita. Tanpa air itu, kita semua akan mati. Tanpa air itu, kampung ini akan menjadi tanah kering, panas, dan tandus." Ia menatap wajah rakyatnya yang kini diam membisu, menyimak setiap katanya.

"Aku ingin kalian semua mengingat satu hal...

Harta yang sebenar-benarnya itu bukanlah sesuatu yang dapat kalian genggam, atau kalian simpan di dalam peti harta, lalu kalian bisa jual dengan harga yang sangat mahal. tapi Harta sejati adalah sesuatu yang menghidupi, yang memberi kehidupan bagi kita, bagi anak-anak kita, dan bagi semua makhluk di alam raya ini."

Pong Dongga menekankan suaranya, penuh kehangatan namun juga ketegasan.

"Jika kalian merusak mata air itu hanya karena tergoda harta semu, maka kalian sedang menggali liang kubur kalian sendiri., kalian akan mengundang bencana dan mala petaka datang kekampung kita. Sebab ketika sumber mata air itu kalian gali, kalian rusak, maka kalian akan kehilangan segalanya – tanah subur kita, ladang kita, ternak kita, dan bahkan kehidupan kita sendiri." Ia memejamkan mata sejenak, menahan getir di hatinya.

"Aku mohon pada kalian semua... Jangan rusak mata air terjun itu. Jangan kalian gali, jangan kalian tebang pohon-pohonnya, jangan kalian kotori airnya. Biarkan ia mengalir jernih sebagaimana ia mengalir sejak dahulu kala. Sebab air itulah harta kita, air itulah kehidupan kita, dan air itulah warisan terbesar yang akan kita tinggalkan untuk anak cucu kita kelak."

Pong Dongga menundukkan kepalanya sejenak, lalu menatap rakyatnya dengan mata berkaca-kaca.

"Sekian dariku...

Aku hanyalah seorang tua yang ingin melihat rakyatnya tetap hidup damai dan sejahtera, sebagaimana nenek moyang kita menitipkan tanah ini kepada kita. Jagalah mata air itu, jagalah kehidupan kita bersama."

Orasi Pong Dongga menutup dengan keheningan panjang. Angin senja berembus pelan, seolah ikut menyampaikan pesan bijak Pong Dongga ke dalam hati setiap orang yang hadir di tanah lapang sore itu. Setelah Pong Dongga, Sean, dan para pengikutnya meninggalkan tempat itu, banyak warga yang merasa tersadarkan. Mereka saling menatap dan mengangguk pelan, membenarkan setiap kata yang diucapkan Pong Dongga.

"Tidak salah beliau menjadi kepala desa sekaligus *to mina* / kepala adat kita," ujar seorang warga kepada kawan-kawannya yang sedang berkerumun membahas orasi tadi. "Pong Dongga memang bijaksana, pintar, dan sangat berwibawa."

Saat itu, Pak Lino dan Pak Sesa kebetulan melintas dan mendengar percakapan mereka. Dengan langkah cepat, kedua orang itu menghampiri kerumunan itu dan menatap mereka satu per satu dengan tatapan tajam.

"Kalian ini terlalu mudah percaya!" ucap Pak Lino dengan nada sinis. "Jangan mau tertipu oleh kata-kata Pong Dongga tadi. Dia dan pengikutnya sengaja merahasiakan batu berlian yang ada di mata air terjun itu untuk mereka sendiri."

Orang-orang yang mendengar hanya terdiam, menatap Pak Lino dengan heran. Namun, sebelum ada yang sempat menjawab, Pak Sesa yang berdiri di samping Pak Lino ikut menimpali.

"Apa kalian tidak tahu?" katanya dengan suara keras. "Dari mana datangnya harta Pong Dongga selama ini? Bukankah dia orang paling kaya di kampung ini? Rumahnya besar dan megah, lumbung padinya besar berderet-dert di halaman rumahnya yang luas. Menurut kalian, darimana semua kekayaannya itu?"

Pak Sesa menatap warga dengan mata melebar, penuh semangat. Ia melanjutkan tanpa memberi kesempatan orang lain menjawab.

"Itu semua dari batu berlian yang dia dan pengikutnya ambil sedikit demi sedikit dari dalam sumber mata air terjun itu!, Kalian pikir selama ini dia hanya bertani dan memimpin kampung ini? Tidak! Dia menimbun kekayaan sendirian bersama pengikutnya."

Pak Lino menganggguk mantap mendengar ucapan Pak Sesa. Dengan nada yang lebih keras, ia menambahkan, "Lalu kalian masih mau percaya dengan kata-katanya tadi? Harta itu hanya untuk dia dan keluarganya saja."

Orang-orang yang mendengar perkataan mereka tertegun. Beberapa tampak ragu. Namun, seorang warga bernama Liu memberanikan diri bertanya pelan.

"Tapi... bukankah Pong Dongga memang sudah kaya sejak kakek dan neneknya dulu? Bukankah mereka juga kepala adat sebelum beliau?"

Pak Lino menatap Liu dengan tajam, lalu menghela napas panjang.

"Itulah dia!" serunya. "Karena kakek dan nenek Pong Dongga sudah tahu tentang harta itu sejak lama, maka mereka mewariskannya kepada Pong Dongga. Dan sebentar lagi, harta itu akan diwariskan lagi kepada Sean, anaknya!"

Suara lantang Pak Lino disambut oleh anggukan semangat Pak Sesa. Hasutan mereka terdengar begitu keras hingga menarik perhatian orang-orang yang sedang berjalan pulang. Satu per satu berhenti dan berkumpul di sana, mendengarkan ucapan mereka dengan wajah penasaran.

Pak Sesa dan Pak Lino terus melontarkan hasutan, disertai janji-janji manis tentang harta yang katanya tersembunyi di balik mata air terjun itu.

"Apa kalian tidak ingin kaya seperti Pong Dongga?" ujar Pak Lino dengan nada sinis. "Bayangkan, bukan hanya kalian yang akan kaya, tapi juga anak cucu kalian. Kalian akan memiliki kebun luas, ternak tak terhitung, serta menjadi orang terpandang dan dihormati di kampung ini, sama seperti Pong Dongga!"

Mata Pak Lino menyipit penuh tipu daya, sementara Pak Sesa menimpali dengan semangat berapi-api. "Ayo, siapa di antara kalian yang ingin kaya seperti Pong Dongga? Nanti malam, datanglah ke rumahku. Aku sudah menyiapkan semua yang dibutuhkan untuk mengambil harta di balik mata air terjun itu."

Ucapan mereka perlahan menggoyahkan hati sebagian warga. Beberapa orang mulai menyetujui ajakan Pak Lino dan komplotannya. Mereka saling menatap dengan tatapan penuh hasrat, membayangkan kebun luas, rumah megah, dan ternak gemuk yang menjadi kebanggaan di kampung.

Menjelang malam, tampak Pak Lino, Pak Paga, dan Pak Roson telah berkumpul di rumah Pak Sesa. Namun, mereka tidak hanya berempat. Beberapa orang lain telah bergabung bersama mereka malam itu. Bahkan, beberapa warga telah lebih dulu disuruh menunggu di dekat mata air terjun, menanti alat gali yang sedang diambil dari rumah Pak Sesa.

Nampaknya, kali ini Pak Lino dan komplotannya benar-benar berhasil memengaruhi banyak warga desa. Mereka semua digiring oleh impian memiliki rumah besar, kebun melimpah, dan ternak banyak, sebagaimana yang dimiliki Pong Dongga.

Padahal banyak di anatara penduduk desa pernah bekerja untuk orang tua dan keluarga Pong Dongga, baik sebagai buruh tani yang membantu menggarab sawa dan kebun keluarga Pong Dongga, banyak di anatara mereka tahu, kalau semua harta dan kekayaan Pong Dongga bukanlah hasil penggalian mata air terjun. Harta itu adalah hasil kerja keras kakek dan orang tuanya selama puluhan tahun. Bukan hanya itu, Pong Dongga menjaga, mempertahankan, serta mengembangkan warisan itu, selama ini semua warga desa juga tahu kalau Pong Dongga dan Putrinya hidup sangat sederhana, tanpa menggunakan pakaian yang mentereng, tanpa perhiasan menghias di lengan, atau dileher putrinya, tanpa berfoya-foya atau bermegah diri. Karena itulah, harta peninggalan keluarganya tetap utuh dan terjaga hingga kini.

Namun malam itu, di bawah temaram bulan separuh, bisik-bisik keserakahan telah menuntun langkah banyak orang menuju sumber mata air terjun. Tanpa mereka sadari, mereka sedang menabur benih malapetaka bagi kampung mereka sendiri.

Malam itu, mereka tidak serta-merta merencakanan untuk melakukan penggalian. Mereka menanti saat yang paling tepat, yaitu ketika Pong Dongga tidak berada di desa itu, atau sedang bepergian ke desa seberang. Sudah menjadi tradisi di Negeri Lepongan Bulan untuk melakukan pertemuan dengan para *to mina* / tetua adat di seluruh Negeri Lepongan Bulan, dalam pertemuan itu biasanya para *to mina* akan melakukan ritual pengorbanan hewan selama empat hari empat malam. Dan musim ini, ritual itu akan dilaksanakan lima hari lagi, terhitung sejak malam itu. Biasanya, tiga hari sebelum upacara dimulai, Pong Dongga akan berangkat lebih dahulu menuju desa seberang, ditemani beberapa orang kepercayaannya untuk mempersiapkan segala keperluan. Itu berarti, dua hari lagi Pong Dongga akan meninggalkan desa. Mereka pun berjanji di dalam hati, begitu Pong Dongga pergi, penggalian itu akan segera mereka lakukan tanpa menunda waktu.

Pagi itu di depan rumah Pong Dongga, Sean, Ibu Limbong, dan Istri Pak Taruk melepas kepergian rombongan. Entah mengapa, hati Sean terasa begitu berat melepaskan ayahandanya dan Pak Taruk kali ini. Meskipun dengan hati yang diselimuti rasa berat, Pong Dongga pun berangkat bersama beberapa orang kepercayaannya untuk mempersiapkan segala keperluan upacara. Mereka membawa serta alat-alat persembahan dan pakaian kebesaran yang biasa dikenakan pada acara ritual agung. Sebelum Pong Dongga berbalik dia memeluk erat Putrinya, "Sean baik-baik dirumah yah, apapun yang Sean dengar diluar sana, jangan mengambil tindakan apa-apa dulu yah, tunggu saja sampai Bapak kembali" ucap Pongg Dongga sambil memegang kedua lengan putrinya, Sean hanya diam, seraya mengangguk mendengar pesan dari Ayahnya, dia terlalu sedih untuk berkata-kata, Melihat Sean dengan mata berkaca-kaca, Ibu Limbong datang langsung memeluk Sean. Pong Dongga seperti berat untuk meninggalkan Putrinya, namun mau tidak mau dia harus pergi hari ini,. Sesaat dia mengehala nafas, lalu pengusap kepala putrinya, dan kemudian berjalan menyusul Pak taruk dan beberapa orang lainnya yag sudah lebih dulu jalan menyusuri setapak depan rumah Pong Dongga.

Namun, belum jauh langkah mereka meninggalkan rumah, raut wajah Pong Dongga tampak gusar. Sejak pertemuannya dengan masyarakat desa beberapa hari sebelumnya, sebuah firasat tak baik telah menghantui hatinya. Entah mengapa, hatinya terasa begitu berat, seolah ada bayangan gelap menanti di ujung jalan. Kecemasan itu tak mampu ia tepis, meski dalam hati ia terus berharap bahwa itu hanyalah ketakutan yang berlebihan, terlebih saat ini sedang ada gejolak yang sedang terjadi beberapa hari ini ditengah masyarakat yang ia tinggalkan.

Melihat kegelisahan pemimpinnya, Pak Taruk bertanya, "Pak Desa, ada apa? Sejak tadi waktu kita meninggalkan rumah, saya lihat Pak Desa, sepertinya gelisah."

Pong Dongga terus berjalan dengan tatapan ke depan. "Ah... tidak apa-apa," jawabnya. "saya hanya memikirkan Sean, di saat ada masalah di kampung, kita harus meninggalkannya."

Mendengar itu, Pak Taruk mencoba menenangkan Pimpinannya. "Pak Desa, tenang saja. Bukankah bukan kali ini saja kita meninggalkan Sean? Walaupun ia seorang perempuan, mentalnya lebih tangguh dari seorang laki-laki. Lagipula, di desa ini tak seorang pun akan berani berniat jahat kepadanya. Jadi, Pong Dongga jangan terlalu khawatir."

Namun, bukan itu yang sebenarnya bersemayam dalam benak Pong Dongga, melainkan kekhawatiran yang jauh lebih besar. Pong Dongga merasa takut, akan ada malapetaka luar biasa besar yang akan menimpa desanya dan keluarganya.

Tiba-tiba, Pong Dongga menghentikan langkahnya, lalu menoleh ke belakang ke arah rumahnya. Dari kejauhan, ia masih melihat putrinya, Sean, masih berdiri di sana. Pong Dongga terpaku memandangi anaknya dari jauh, matanya sembab dan berkaca-kaca. Melihat pemandangan itu, Pak Taruk dan yang lainnya tak berani bersuara.

Pak Taruk telah mengabdi pada Pong Dongga sejak sang pemimpin belum menikah dengan mendiang istrinya, bahkan jauh sebelum Pong Dongga menemukan bayi Sean di air terjun dekat kebunnya. baru kali inilah Pak Taruk melihat Pong Dongga sesedih ini saat berpisah dengan putrinya, meski hanya untuk beberapa hari.

Tanpa disadari oleh Pong Dongga dan rombongannya, sejak tadi mata-mata suruhan Pak Lino telah mengintai mereka. Diam-diam, dari tempat-tempat tersembunyi, para pengintai itu memastikan bahwa Pong Dongga dan orang-orang kepercayaannya benar-benar telah berangkat meninggalkan kampung.

Di sepanjang jalan desa yang dilalui rombongan Pong Dongga, para suruhan Pak Lino telah tersebar, mengawasi dengan cermat setiap langkah. Senyum puas tersungging di bibir mereka kala melihat Pong Dongga akhirnya pergi, meskipun hanya untuk beberapa hari.

Bagi mereka, kepergian Pong Dongga adalah kesempatan emas yang telah lama dinanti. Mereka saling berbisik, menahan tawa licik, sebab selagi Pong Dongga tak ada di kampung, mereka akan leluasa melancarkan niat yang selama ini mereka rencanakan.

Setelah memastikan bahwa Pong Dongga beserta rombongannya telah berangkat jauh meninggalkan kampung, para mata-mata itu segera bergegas menuju rumah Pak Sesa. Di sana, Pak Lino telah menanti. Rupanya rumah Pak Sesa sengaja mereka jadikan markas untuk berkumpul dan merencanakan segala sesuatu.

Di dalam rumah itu, selain Pak Lino, Pak Sesa, Pak Paga, dan Pak Roson, tampak pula pemandangan tak biasa hari itu. Sahabat-sahabat dekat Sean—yaitu Lute, Buso, dan Leda—ternyata juga berada di sana. Namun, di antara mereka, hanya Ato yang tidak tampak hadir.

Bukan berarti Ato tidak diajak. Sesungguhnya, ketiga sahabatnya itu telah berulang kali mendatangi rumah Ato untuk mengajaknya bergabung. Namun, setiap ajakan itu selalu ditolak oleh Ato dengan halus. Ia lebih memilih untuk setia kepada Sean dan keluarganya, daripada membenarkan ambisi serakah sebagian orang desa, termasuk ambisi para sahabatnya sendiri.

Saat itu, seorang pemuda yang baru saja pulang mengintai Pong Dongga dan rombongannya berdiri di tengah ruangan. Dengan napas terengah-engah, ia berkata, "Pong Dongga, Pak Taruk, dan yang lainnya sudah jauh meninggalkan desa."

Mendengar laporan itu, Pak Lino dan ketiga sahabatnya tertawa kecil penuh kepuasan. Dalam benak mereka, sudah terbayang bongkahan berlian besar yang sebentar lagi akan menjadi milik mereka. "Akhirnya pergi juga dukun tua itu ke pertemuan para dukun," bisik Pak Lino sambil mencemooh Pong Dongga dalam hatinya.

Pak Sesa menoleh ke sekeliling ruangan. Dengan suara berat ia berkata, "saya harap, di antara kita yang hadir di sini, tidak ada satu pun mata-mata Pong Dongga."

"Tenang saja, Pak," sahut Pak Roson menenangkan. "Semua yang ada di sini adalah orang-orang pilihan. Hati dan pikiran mereka sejalan dengan kita semua."

Tiba-tiba Lute angkat suara. "Semua peralatan penggalian sudah kami siapkan di dekat mata air terjun."

"Jadi, siang nanti kita tidak perlu membawa peralatan apa pun lagi, bukan?" tanya Pak Lino untuk memastikan.

"Benar, Pak," jawab Lute mantap. "Semuanya sudah berada di tempatnya masing-masing dekat mata air terjun."

Mendengar itu, Pak Lino tersenyum puas. Dalam hatinya, ia merasa yakin bahwa kali ini usahanya akan berjalan sesuai dengan rencananya.

Mendengar segala rencana busuk yang telah ia dan para pengikutnya susun, Pak Lino merasa amat jumawa. Ia mengira dirinya jauh lebih cerdik daripada Pong Dongga dan para pengikut setia Pong Dongga, sebab ia mampu merancang siasat sebesar itu tanpa sedikit pun tercium. Terlebih lagi, kala itu Pak Lino merasa pengikutnya sudah banyak berdatangan. Padahal, sesungguhnya semua orang yang kini bersekutu dengannya datang bukan karena kesetiaan pada Pak Lino, melainkan karena silau harta, atau batu berlian yang membuat mereka rela menuruti segala titah Pak Lino.

"Jadi, kapan kiranya kita akan bergerak?" tanya Pak Sesa, orang yang paling serakah setelah Pak Lino sendiri. Ia sudah tak sabar lagi ingin segera bergelimang kekayaan.

Pak Lino menjawab dengan tegas, "Nanti, saat matahari tepat berada di atas *longa-longa*." (*Longa-longa* adalah bagian sudut atap yang tinggi dari rumah adat Suku Negeri Lepongan Bulan, letaknya di bagian depan dan belakang rumah adat.) "Lute, kau dan kawan-kawanmu silakan berangkat duluan. Bagilah teman-temanmu ke semua mata air terjun. Ingatlah baik-baik, kita semua akan memulai penggalian tepat tengah hari, kala matahari sudah berada di atas *longa-longa*!"

Tanpa bertanya lagi, Lute dan semua anggotanya segera beranjak menuju masing-masing mata air terjun yang sebelumnya telah mereka bagi rata.

Setelah Lute dan semua anggotanya meninggalkan rumah itu, suasana menjadi sedikit lengang. Pak Sesa segera bertanya kepada Pak Lino, "Mengapa harus setelah tengah hari baru kita bergerak?"

Mendengar pertanyaan itu, Pak Lino belum lekas menjawab. Tiba-tiba, Pak Paga pun melontarkan pertanyaan yang hampir serupa. "Bukankah semakin cepat kita memulai penggalian, semakin lekas juga pekerjaan ini selesai?" ucap Pak Paga seraya menoleh ke arah Pak Lino. Pak Lino menghela napas pelan. Ia menatap satu per satu orang yang duduk di depannya, "Kalian semua tenanglah," jawab Pak Lino dengan senyum licik. " Alasannya kita menggali saat tengah hari, karena ketika matahari berada tepat di atas longa-longa, cahaya panasnya akan membuat batu berlian itu berkilau. Dengan begitu, kita akan lebih mudah menemukannya, permata itu akan bercahaya terang benderang ketika tersentuh sinar matahari yang terik." Jelas Pak Lino. Mendengar perkataan Pak Lino, seketika mereka semua menyambutnya dengan gelak tawa kegembiraan, seketika ruangan dipenuhi tawa kegembiraan. Mereka saling pandang dengan mata berbinar. Pak Sesa menepuk pahanya sambil tertawa kecil.

"Saya pikir ada hal lain yang lebih besar, ternyata hanya karena itu," ucap Pak Sesa masih menyisakan sisa tawanya.

"Benar, saya kira juga Pak Lino hendak menunggu siapa lagi yang akan bergabung dengan kita," sambung Pak Paga. "Jadi, setelah semua batu berlian itu kita miliki, apakah rencana kita selanjutnya, Pak Lino?" tanya Pak Roson yang sedari tadi lebih banyak berdiam diri.

Mendengar pertanyaan Pak Roson, Pak Lino terdiam sejenak. Seketika tawa yang barusan menggema diruangan itu langsung mendadak terhehenti, Pak Lino menghela nafas panjang, tatapan matanya tajam lurus ke arah pintu. Semua orang pun terdiam, memerhatikan reaksi Pak Lino.

"Aku akan menurunkan Pong Dongga dari kedudukannya sebagai kepala desa dan kepala adat kampung kita, lalu aku akan menggantikannya!" ucap Pak Lino pelan namun penuh ketegasan.

Mendengar rencana gila itu, semua orang terdiam seribu bahasa. Tak ada satu pun yang berani berucap. Sebab, dalam benak mereka, Pak Lino takkan sejauh ini niatnya. Karena dari segala segi, Pong Dongga masih jauh lebih unggul dan bijaksana daripada Pak Lino.

"Kau serius dengan rencana gilamu itu?" tanya Pak Roson tak percaya.

“I... iya... apa kau sudah memikirkannya masak-masak?” tanya Pak Paga yang juga tampak ragu.Sebab Pak Paga juga merasa tak yakin.

"Jadi, kalian menganggap Pong Dongga itu lebih baik daripadaku?" ucap Pak Lino dengan nada meninggi.

"Bukan begitu maksud kami," jelas Pak Roson. "Tetapi Pong Dongga sudah puluhan tahun lamanya menempati posisinya, dan kampung kita selalu aman dan tenteram. Bahkan di seluruh Negeri Lepongan Bulan, kampung kita yang paling makmur, itu semua karena dipimpin oleh Pong Dongga."

"Kalian kan belum melihat dan belum tahu bagaimana nanti aku akan memimpin kampung ini! Aku akan membuatnya jauh lebih bagus dari kepemimpinan Pong Dongga!" jawab Pak Lino dengan nada jumawa. Melihat suasana mulai memanas, Pak Sesa segera menengahi,

"Husssst... sudah-sudah, kalian jangan ribut dulu," sela Pak Sesa melerai. "Nanti soal itu kita bahas setelah batu berlian itu kita dapatkan." Ia menatap mereka satu per satu, lalu melanjutkan,

"Hartanya saja kita belum dapat, kalian malah ribut soal posisi kepala desa, yang terpenting itu batu berliannya, hartanya!" sambung Pak Sesa lagi, terdengar jelas dari perkataannya bahwa ia hanya menginginkan harta itu, tak peduli dengan permasalahan lainnya.

"Sabar dulu, biarlah kita ambil dulu batu berliannya, lalu kita bagi. Dan setelah dibagi, terserah kalian mau membuat rencana apa, aku takkan menghalangi."

Semua terdiam membisu, suasana mendadak hening, seolah masing-masing tengah larut dalam lamunan panjang. Pak Sesa lantas menoleh ke luar pintu, lalu beranjak berdiri. "Rupanya sang surya sebentar lagi akan tepat di atas kepala," ujarnya perlahan seraya melangkah menuju pintu, "kita harus segera bergegas agar mereka segera memulai penggalian."

"Benar sekali, mari kita berangkat sekarang juga! Kita tidak perlu membawa apa-apa lagi, bukan?" tanya Pak Lino kepada mereka semua.

"Tidak perlu lagi," jawab Pak Paga, "kita langsung saja menuju ke masing-masing air terjun."

"Berarti sore nanti atau malam nanti kita akan menjadi orang-orang kaya raya, dan kita sudah bisa langsung merayakannya, bukan?" ucap Pak Sesa dengan senyum keserakahan yang tak dapat disembunyikan, sambil menoleh ke arah Pak Lino. Sementara itu, Pak Paga dan Pak Roson hanya tersenyum tipis seraya menggeleng-gelengkan kepala.

Mereka berempat pun segera meninggalkan kediaman Pak Sesa, lalu berpencar menuju beberapa sumber mata air terjun, di mana orang-orang yang telah mereka tempatkan sudah menunggu. Dengan langkah penuh keyakinan, mereka melangkah, membayangkan diri segera menjadi hartawan. Terutama Pak Lino dan Pak Sesa, yang merupakan dalang di balik segala rencana jahat itu.

Rupanya, motivasi utama Pak Lino untuk segera mendapatkan harta adalah agar ia bisa menjadi kaya raya dan sekaligus menggantikan kedudukan Pong Dongga dari jabatannya saat ini. Sementara itu, motivasi Pak Sesa hanyalah keinginan untuk menjadi kaya mendadak dalam sekejap mata. Berbeda halnya dengan Pak Paga dan Pak Roson, kedua orang itu cenderung hanya ikut-ikutan saja, tanpa motivasi khusus yang melatarbelakangi.

Sementara itu, di rumahnya, Sean tampak gelisah, seolah batinnya mengetahui akan ada kejadian besar di luar sana. Namun, apa pun yang terjadi, ia tidak mampu mencegahnya. Setelah beberapa lama berputar-putar di dalam rumah, akhirnya ia berpamitan kepada Ibu Limbong, pengasuhnya, untuk keluar sebentar.

"Ibu Limbong, saya ingin pamit ke danau dulu sebentar, ya?" tanya Sean.

Ibu Limbong yang sedari tadi memperhatikan kegelisahan Sean akhirnya angkat bicara, "Jangan lama-lama, ya. Ingat pesan ayahmu, kamu jangan melakukan apa pun yang kamu dengar dan kamu lihat di luar sana."

Sean hanya mengangguk, lalu segera bergegas meninggalkan rumahnya. Saat keluar dari pekarangan rumah, Sean langsung berlari kecil menuju danau. Ia tidak sabar ingin segera tahu apa yang sedang terjadi di luar sana.

Sesampainya di danau, suasana begitu lengang, tidak seperti biasanya. Siang itu danau tampak sepi, hanya gemericik air danau dan terpaan angin yang menyapu wajahnya. Sean mengusap rambutnya yang menutupi sebagian wajah, lalu memandang ke sekeliling. Hanya ada beberapa anak kecil yang sedang bermain di tepi danau. Ia pun mencoba menyusuri tepi danau, mencari siapa saja orang dewasa yang bisa ia mintai keterangan. "Ke mana semua orang?" pikir Sean dalam hati. Sungguh, tidak biasanya suasana danau di siang hari tampak begitu lengang.

Pikiran Sean tiba-tiba melayang kepada seseorang. Tanpa buang waktu, ia segera membalikkan badan dan bergegas menuju kediaman sahabatnya, Ato. "Mungkin Ato tahu apa gerangan yang tengah terjadi di desa ini," gumamnya dalam hati, seraya mempercepat langkah. Ia tahu benar, kini hanya Ato satu-satunya yang masih bisa ia percaya, sebab Ato takkan mungkin mengkhianatinya, walau sahabat-sahabatnya yang lain kini telah berubah.

Setibanya Sean di depan rumah Ato, suasana tampak sepi dan lengang. Tak ada tanda-tanda kehidupan di dalamnya. Adik-adik Ato yang biasanya riuh bermain di halaman pun tak terlihat satupun. Bahkan, pintu pagar dan pintu rumah Ato yang biasa dibiarkan terbuka, kini tertutup rapat, seolah sengaja ditinggalkan penghuninya. Sean terdiam sejenak di depan pintu, matanya menyapu sekeliling. Rumah di sebelahnya pun sama senyapnya, tanpa jejak penghuni. "Gerangan apakah yang terjadi? Ke mana gerangan Ato dan keluarganya?" bisiknya pelan, pandangannya terus menerawang ke dalam pekarangan rumah.

Siang yang hangat seolah ikut terdiam, menyaksikan kegelisahan Sean. Kini, ia tak mampu lagi berpikir hendak ke mana, selain kembali ke rumahnya sendiri. Harapnya, nanti sore Ato dan keluarganya sudah kembali. Dengan langkah gontai, Sean pun berbalik, berjalan perlahan kembali ke kediamannya.

Sementara itu, dari balik celah dinding anyaman bambu rumahnya, Ato tak henti-hentinya memperhatikan Sean. Ia terus mengamati sahabatnya itu, hingga Sean benar-benar menjauh dan hilang dari pandangan. Ternyata, sedari tadi Ato dan keluarganya tidak pergi ke mana-mana. Mereka sengaja mengurung diri di dalam rumah.

Ada rasa bersalah yang menyelimuti benak Ato, namun ia tak memiliki pilihan lain. Untuk sementara waktu, ia harus menjauhi Sean. Bagaimana tidak, Ato telah diancam oleh Lute, Buso, dan Leda agar tidak mendekati Sean. Mereka tahu betul, jika Ato bertemu dengan Sean, rahasia sepahit apa pun pasti akan ia ceritakan.

Ato memang tak pandai berdusta pada Sean. Apa pun yang Sean tanyakan, selama Ato mengetahuinya, pasti akan ia sampaikan dengan jujur. Karena itulah, ketiga orang suruhan Pak Lino itu mengancamnya. Jika Ato berani menemui Sean, mereka bersumpah akan membakar habis rumahnya.

Persahabatan yang telah terjalin sejak kecil pun hancur dalam sekejap, hanya karena sebuah batu berlian yang keberadaannya masih belum jelas.

Sementara itu, di lokasi penggalian yang diawasi langsung oleh Pak Lino, pemandangan sudah tampak berantakan. Mereka telah menebang beberapa pohon di sekitar lokasi, meninggalkan bekas galian dengan bebatuan dan pasir sungai yang berserakan di mana-mana. air keruh bercampur lumpur melangalir dari sumber mata air terjun terus mengalir hingga ke danau.

Pak Lino berjalan mondar-mandir, mengawasi para warga yang sibuk menggali tanah. Raut wajahnya mulai menunjukkan kecemasan, sebab belum ada tanda-tanda bahwa batu berlian itu benar-benar ada. Namun ia berusaha menutupi rasa cemasnya, takut semangat orang-orangnya akan goyah bila mengetahui bahwa hasilnya masih nihil, padahal mereka telah bekerja tanpa mengenal lelah.

Di lokasi penggalian lain yang juga diawasi oleh Pak Sesa, keadaannya tak kalah memprihatinkan. Banyak pohon bertumbangan, tergeletak tak berdaya, sementara batu-batu kali berserakan di mana-mana. Tumpukan tanah bercampur pasir menggunung di beberapa tempat, menciptakan pemandangan yang kacau balau. Bahkan, air dari sumber mata air yang sebelumnya jernih dan bening, kini telah berubah warna menjadi keruh, seakan tak pernah ada di ingatan bahwa dulunya air itu sebening kristal. Namun, tak ada sebersit pun rasa bersalah di wajah orang-orang itu, melihat kerusakan besar yang telah mereka perbuat.

Di antara para penggali yang sibuk itu, Leda dan Buso terlihat pula. Mereka tampak giat mengangkat batu dan pasir keluar dari kubangan-kubangan yang telah mereka buat, seolah tak peduli dengan rusaknya alam di sekeliling mereka. "Ayo... ayo... lebih semangat lagi! Kita sudah cukup lama menggali, kenapa belum ada tanda-tanda sama sekali?" teriak Pak Sesa dengan nada tinggi, mengingatkan para warga yang sedari tadi melakukan penggalian.

“Hei, kamu! Sekarang bukan waktunya untuk istirahat. Terus gali!” seru Pak Sesa ketika melihat seorang warga yang berdiri menegakkan punggungnya karena kelelahan.

“Sebentar, Pak... punggung saya terasa berat. Saya ingin istirahat sebentar,” jawab orang itu dengan suara lemah. “iya Pak, apakah kita bisa istrahat sebentar, pinggang saya juga terasa sakit” ucap Leda yang sebenarnya dari tadi ingin melakukan hal yang sama.

“Istirahatnya nanti, setelah kita menemukan batu berlian itu!” bentak Pak Sesa, membuat para warga lainnya kembali menunduk dan menggali. Sementara Buso yang sebenarnya sudah lelah dari tadi, mengurungkan niatnya untuk beristrahat.

Di tengah kegelisahan itu, tiba-tiba terdengar suara teriakan kegirangan dari salah seorang anak buah Pak Sesa. Ia berteriak sambil melambai-lambaikan tangannya ke udara.

"Haii... semua, coba lihat ini! Saya menemukannya... saya menemukannya!" seru orang itu, suaranya melambung tinggi karena suka cita. Ia telah menemukan bongkahan batu berkilau sebesar buah kelapa. Seketika itu pula, Pak Sesa dan yang lainnya berlari menghampiri. Dan benar, di dalam galian itu tergeletak sebuah batu yang memancarkan kilau menawan.

"Ayoo, cepat angkat naik!" ujar Pak Sesa dengan sorak kegirangan, matanya terbelalak penuh hasrat. “Kalian percaya sekarang, bukan? Batu berlian itu benar-benar ada!” katanya sambil menepuk bahu orang-orang di sekitarnya.

Perlahan, orang itu mengangkat batu berkilau tersebut dari dalam galian, yang disekelilingnya masih diselimuti sisa lumpur tipis dan air “Kita kaya... kita kaya raya!” seru Pak Sesa dengan wajah penuh keserakahan. Teriakan itu pun disambut sorak tawa kebahagiaan semua orang yang ada di sana.

Dengan wajah berseri-seri mereka terburu-buru, bermaksud menyerahkan batu berkilauan itu kepada Pak Sesa, yang sudah tak sabar menyentuhnya.

Namun, keajaiban yang dinanti berbalik menjadi kehampaan dan kekecewaan yang teramat sangat. Ketika batu berkilauan itu berhasil diangkat dari dalam kubangan air, seketika batu itu hancur berkeping-keping, berubah menjadi butiran pasir dan bebatuan kecil yang tak berharga sedikit pun. Raut wajah Pak Sesa mendadak pucat pasi, diliputi kepanikan luar biasa.

"Haaahh! Ada apa ini? Kalian menghilangkan batu berliannya!" teriak Pak Sesa, suaranya bergetar hebat. Semua yang ada di sana terperanjat heran, tawa kegirangannya mereka seketika berubah menajadi kepanikan,tak percaya dengan pemandangan yang baru saja mereka saksikan. Tadi, batu itu jelas-jelas memancarkan kilauan cemerlang saat masih di dalam kubangan, tetapi mendadak berubah wujud ketika sudah diangkat ke atas.

“Kami tidak tahu, Pak... Batu berliannya tiba-tiba saja hancur dan berubah seperti itu,” ucap Leda, menunjuk sisa pasir yang tersisa di telapak tangan orang yang tadi mengangkat batu itu.

Sejak tadi, Leda memang ikut berdiri di belakang orang itu, menyaksikan semua kejadian dengan mata kepalanya sendiri.

"Betul, Pak... Tiba-tiba saja batu berliannya berubah menjadi pasir seperti ini," sambung orang yang tadi yang juga ikut memegang batu itu. Ia menjulurkan kedua tangannya, memperlihatkan serpihan pasir halus yang masih tersisa di telapak tangannya.

Mendengar penjelasan dari kedua orang itu, Pak Sesa menjadi bingung tak kepalang. Wajahnya tampak kosong, matanya menerawang. Untuk sesaat, ia tak mampu mengucapkan sepatah kata pun. Ia hanya berdiri terpaku, seolah tak percaya dengan apa yang baru saja terjadi.

"Ayoo... ayoo... turun semua!, gali lagi!" teriak Pak Sesa, nyaris putus asa, memerintahkan para pekerjanya untuk kembali ke dalam galian. “itu tadi pertanda kalau memang dugaan kita benar-disini ada batu berliannya” ujar Pak Sesa memberi semangat ke semua warga yang ada disitu.

Di penggalian sumber mata air yang lain, di mana Pak Roson dan Pak Paga mengawasi orang-orang yang menggali, serta Lute yang juga ikut menggali bersama warga kampung lainnya, pekerjaan itu masih terus berlanjut. Sedikit pun belum ada tanda-tanda batu berharga itu muncul ke permukaan. Suasana di sekitarnya tidak jauh berbeda dengan sumber mata air yang diawasi oleh Pak Lino dan Pak Sesa, semua tampak berantakan, air keruh bercampur lumpur mengalir dari dalam sumber mata air yang sudah porak-poranda dirusak oleh warga kampung yang sedang mencari batu berlian.

"Lute... bagaimana? Apa yang sudah kamu temukan?" seru Pak Paga kepada Lute yang masih terus menggali di bawah kubangan air.

Karena suara air berpadu dengan dentuman galian para warga, Lute tidak terlalu mendengar pertanyaan Pak Paga. Akhirnya, Pak Paga datang mendekat ke arah Lute.

"Lute, bagaimana? Apakah sudah ada tanda-tanda batu berliannya?" seru Pak Paga lagi, yang kini jaraknya tak jauh dari Lute.

Lute berdiri, menyeka percikan air yang membasahi wajahnya. "Belum ada, Pak. Hanya lumpur bercampur pasir yang ada di balik batu sungai ini," jawab Lute menunjuk ke air keruh bercampur lumpur di depannya.

Pak Paga hanya diam dan menganggguk-angguk pelan, membenarkan apa yang dikatakan Lute. Dari belakang, datanglah Pak Roson berjalan perlahan menghampiri mereka.

"Lute, coba kamu jangan menggali di situ saja. Coba kamu dan beberapa temanmu berpindah tempat penggalian, di sebelah sana," ucap Pak Roson berhenti tepat di samping Pak Paga, dan menunjuk ke arah paling dalam di sumber mata air terjun itu.

"Tapi, Pak, di sana airnya agak deras dan sepertinya lebih dalam daripada yang di sini," kilah Lute menolak secara halus.

"Kalian gulingkan dulu batu besar yang ada di sana ke dalam air. Setelah itu, di bekas batu itu kalian gali lagi untuk membelokkan airnya ke situ," balas Pak Roson sambil memberi pengarahan kepada Lute.

"Iya, betul. Kalian gulingkan dulu batu besar itu. Siapa tahu di balik batu besar itu berliannya tertanam," ucap Pak Roson, yang seketika membuat Lute agak sedikit tersentak. Seakan kata-kata Pak Roson barusan, seperti jawaban kecil dari teka-teki yang saat ini mereka kerjakan.

Lute segera menghampiri beberapa temannya yang sejak tadi menggali tak jauh dari tempatnya menggali. Dengan gerakan tangan dan suara tegas, ia tampak mengarahkan sesuatu kepada mereka. Tak lama kemudian, keempatnya beranjak dan bersama-sama menuju batu besar yang tadi ditunjuk oleh Pak Roson.

Melihat Lute dan teman-temannya telah berdiri di dekat batu besar itu, Pak Roson dan Pak Paga pun ikut berjalan mendekat. Mereka hendak memastikan bahwa pekerjaan itu dilakukan dengan benar, dan sekaligus melihat lebih dekat apakah memang ada sesuatu yang tersembunyi di balik batu tersebut.

Langkah-langkah mereka pelan namun pasti. Tatapan mata mereka penuh harap, seolah-olah di balik batu besar itu tersimpan jawaban dari segala kegelisahan dan pencarian yang telah berlangsung sejak pagi.

“kalian tunggu apalagi” ucap Pak Roson datang menghampiri Lute dan teman-temannya yang masih berdiri didekat batu besar itu, “kami masih bingung pak, harus mulai darimana dulu” jawab Lute masih terus memperhatikan batu itu dari bawah, “iya Pak, walau batu ini, tepat dipinggir kali, tapi kami masih bingung mau gali bagian mana dulu” ucap salah seorang warga desa yang masih memegang besi Panjang yang dibagian ujung paling bawahnya terlihat pipih dan tajam. Posisi batu itu tepat berada di bibir kali sumber mata air, ukuran batu cukup besar berdiameter sekitar 3 meter.

“kalian gali sedikit di bagian bawahnya, buat lubang seukuran batang pohon, setelah itu kalian masukan batang pohon yang kalian sudah tebang itu, lalu angkat dari ujung batang pohon, saya yakin pasti batu ini akan terjungkal masuk kedalam kali itu" terang Pak Roson memberi pengarahan ke Lute dan teman-temannya, yang memperhatikan secara seksama arahan dari Pak Roson, "baik kalua begitu Pak" ucap Lute mengerti. Lalu Lute membagi temanya menjadi dua, yang satu mempersiapkan batang pohonnya, sedangkan dia dan satu orang temannya lagi, menggali dibawah batu, membuat lubang persis seperti yang diarahkan Pak Roson.

Di ketiga tempat itu, para warga terus menggali di sumber mata air terjun, berharap menemukan batu berharga seperti yang dikabarkan. Namun, setelah menggali sepanjang hari di tiga lokasi berbeda, mereka tak menemukan apa-apa.

Hingga sore menjelang, kekecewaan mulai terlihat di wajah mereka. Maka mereka pun memutuskan untuk berpindah—dari satu sumber mata air ke sumber berikutnya, lalu ke yang lain lagi. Begitulah seterusnya.

Hari demi hari berlalu. Hingga genap empat hari lamanya, warga menggali di kesepuluh sumber mata air terjun yang mengalir ke danau. Mereka bekerja tanpa kenal lelah—mengaduk lumpur, membalik dan memecahkan batu, menebang pohon yang dirasa menghalangi tempat penggalian, hingga membendung aliran-aliran mata air.

Namun kenyataan selama empat hari melakukan penggalian. Tak satu pun dari tempat-tempat itu memperlihatkan tanda-tanda keberadaan batu berlian seperti yang mereka impikan.

Yang tersisa hanyalah keletihan, tubuh yang lelah, lumpur yang mengering di kulit, dan sorot mata yang perlahan kehilangan harapan.

Seorang warga melangkah maju. Suaranya serak, sarat kelelahan dan amarah yang tertahan. "Sudah lima hari. Semua air terjun, setiap sumber mata air, sudah kami gali sampai tak bersisa, Pak Roson. Tapi di mana batu berlian yang kau janjikan itu?. Di mana kekayaan yang selama ini kau bangga-banggakan kepada kami?". Belum sempat Pak Roson menjawab, seorang warga lain yang sejak tadi menahan emosi tiba-tiba mendorongnya sedikit. Sorot matanya tajam mengarah ke Pak

Roson, suaranya bergetar oleh kemarahan. “Lihat kami!” bentaknya. “Tangan-tangan ini penuh luka karena menggali dari pagi sampai malam. Tubuh kami nyaris roboh karena kelelahan. Semua ini untuk apa? Untuk lumpur?, batu sungai?, dan janji kosong?” Ia menarik napas panjang, dadanya naik turun. Tatapannya tak lepas dari wajah Pak Roson. “Bukan-nya kau yang paling yakin dengan kabar itu?. Bukankah kau dan Pak Paga, pak Pak Lino yang memaksa kami semua untuk percaya?”. Pak Roson terdiam. Beberapa detik berlalu terasa panjang. Perlahan Ia menyeret mundur kaki-nya beberapa langkah kebelakang, wajahnya pucat, panik bercampur dengan harga diri yang mati-matian ia pertahankan. “ss..sa..saya juga tidak tahu kenapa bisa begini,” katanya dengan terbata. “Saya tidak berbohong! Orang yang menyampaikan kabar itu adalah orang terpercaya. Dia bilang, di bawah setiap sumber mata air terjun tersimpan berlian besar!”. Seorang warga lain, yang sejak tadi menggertakkan gigi menahan kecewa, akhirnya angkat suara. Nadanya dingin,. “Terpercaya?” katanya pelan, namun menusuk. “Lalu mana buktinya?, Empat hari. Dari pagi hingga malam. Kami menggali, dan menggali, dan terus menggali, tapi tak satu pun kami temukan. Yang tersisa hanya keringat, waktu yang terbuang, dan harapan bodoh yang kau janjikan selama berhari-hari dalam kepala kami.” Ia menunduk, memungut segenggam pasir basah, lalu menjatuhkannya kembali ke tanah. “Batu sungai. Lumpur. Pasir. Itu saja yang kami dapatkan. Dan tidak ada nilainya sama sekali.”

Ketegangan memuncak. Para warga mulai mendekat, membentuk seperti lingkaran. Bau keringat dan tanah basah memenuhi udara. Hari yang terasa berat, dipenuhi napas tersengal, tatapan tajam, dan kekecewaan yang memuncak. Pak Roson, yang kian terpojok, justru meninggikan suaranya. Kepanikan membuatnya membela diri tanpa sedikit pun rasa bersalah. “Cukup!” bentaknya. “Kalian tidak bisa menyalahkan saya! Kalian juga ingin kaya! Kalian sendiri yang pertama setuju untuk menggali!” Ia menelan ludah, lalu menambahkan dengan nada menantang, “Kalau kalian tidak menemukan apa-apa, itu bukan kesalahan saya! Mungkin... kalian saja yang kurang keras menggali!". Beberapa warga serempak berteriak, suara mereka meledak di keremangan sore menjelang malam. "Bohong! Kau hanya mencari alasan!". Pak Roson terdiam. Ia tak sanggup lagi menatap sorot mata penuh kemarahan dan kekecewaan itu. Rasa malu dan ketakutan untuk disalahkan jauh lebih besar daripada amarah yang barusan ia tunjukkan. Di bawah cahaya obor yang bergetar, tubuhnya tampak kecil—rapuh—seolah kebenaran perlahan menelannya.

Sementara itu, material bekas penggalian dari kesepuluh sumber mata air terus hanyut menuju danau. Lumpur dan pasir bercampur menjadi satu, membuat air berubah warna menjadi keruh pekat. Ranting, daun, dan batang pohon yang ditebang warga pun turut hanyut, memenuhi permukaan danau.

Kini, danau yang dahulu jernih dan tenang, berubah menjadi tempat yang kumuh dan tercemar. Tak hanya airnya yang keruh, tetapi juga suasananya yang sunyi, seolah menanggung luka atas keserakahan manusia.

Setelah hari kelima mereka menghentikan penggalian, tak satu pun warga yang kembali melanjutkan penggalian. Empat hari penuh mereka merusak sumber-sumber mata air—menebar kekacauan tanpa rasa tanggung jawab—dan kemudian meninggalkannya begitu saja, seolah tak pernah terjadi apa-apa. Dan danau itu... hanya diam, memendam luka, menanti alam memperbaiki dirinya sendiri.

Pong Dongga, yang baru saja pulang dari kampung sebelah, langsung dihadapkan pada kekacauan besar yang melanda desanya. Hatinya remuk melihat danau tercemar, sumber mata air rusak, dan wajah-wajah warga yang kini diliputi kegelisahan.

Padahal, jauh hari sebelumnya, Pong Dongga dan orang-orang kepercayaannya telah berulang kali memperingatkan warga. Mereka telah mengingatkan agar tidak merusak sumber mata air, agar menjaga keseimbangan alam yang selama ini telah menjadi anugerah bagi kampung mereka.

Namun rupanya, tak semua telinga mau mendengar. Tak semua hati mau percaya.

Banyak warga tergiur oleh cerita tentang batu berlian yang katanya tersembunyi di sumber mata air. Kilauan dan kekayaan yang dijanjikan oleh orang-orang tak bertanggung jawab membuat mereka lupa diri—lupa akan tanah yang menghidupi, air yang memberi minum, dan leluhur yang menjaga.

Kini semuanya telah terjadi. Dan Pong Dongga berdiri di tengah-tengah kehancuran itu, memanggul beban kampungnya, menyaksikan sendiri bagaimana tamak bisa menghapus warisan ribuan musim dalam hitungan hari.

Akhirnya tidak lama setelah penggalian itu, apa yang dikuatirkan pong Dongga terjadi juga, kutukan itu akhirnya datang menimpa warga desa. Dimulai dari penyakit aneh yang menimpa Pak Roson, Pak Paga dan Pak Lino, masing-masing di rumah mereka, secara bersamaan, mereka mengalami hal yang aneh, tubuh mereka mengalami demam yang tinggi dan tidak lama kemudian, ketiga orang itu memuntahkan lumpur bercampur batu kerikil dalam jumlah yang tidak sedikit, keluarga mereka sudah mendatangkan orang yang dianggap bisa mengobati, namun usaha itu sia-sia, penyakit aneh ketiga orang itu tidak bisa sembuh. Setelah memuntahkan lumpur dan kerikil, kondisi mereka makin parah, ditambah halusinasi tinggi, tentang seorang wanita yang seolah ada di depan mereka, mereka terus meronta-rota memohon ampun atas kesalahan merek setelah dua hari sejak penggalian dan pengrusakan mata air itu terjadi, akhirnya ketakutan yang selama ini yang di kuatirkan Pong Dongga, yang seolah menjadi bisikan di telinganya, kini menjelma menjadi kenyataan yang dingin dan mengerikan. Kutukan itu akhirnya datang—sunyi, perlahan, namun tak terelakkan.

Kutukan itu membuat air di danau berubah menjadi keruh pekat, setiap hari ada saja ikan yang mati. Awalnya jumlahnya tidak terlalu banyak, namun hari demi hari jumlah ikan yang mati semakin banyak, dan perlahan-lahan permukaan air danau seperti menurun. Inilah yang membuat warga panik, hingga berbondong-bondong mendatangi rumah Pong Dongga.

Tapi yang anehnya, hayanya tida orang yang mengalami langsung kutukan itu, yaitu Pak Roson, Pak Paga, dan Pak Lino. Pada awalnya, gejalanya tampak sederhana, demam dengan terasa tubuh lemah, dan kepala terasa berat. Namun pada malam yang sama, di tiga rumah yang berbeda, panas itu berubah menjadi sesuatu yang tak wajar. Ketiganya terbakar oleh demam yang menyiksa. Tubuh mereka menggigil hebat, sementara mata mereka terbuka lebar, kosong dan nanar, seolah menatap sesuatu yang tak dapat dilihat oleh orang lain.

Di rumah Pak Roson, sang istri tersentak oleh suara tercekik yang mengerikan. Seketika itu juga, Pak Roson bangkit dari ranjang. Dengan satu hentakan keras, ia memuntahkan bukan cairan, melainkan material bumi. Gumpalan lumpur basah, pasir, dan kerikil berhamburan ke lantai papan rumahnya. Jumlahnya begitu banyak, seakan-akan isi perutnya dipenuhi oleh sisa-sisa tanah yang pernah mereka gali dengan penuh keserakahan. Tidak hanya itu, dibagian tubuhnya yang lain mengeluarkan seperti tetesan lumpur, sontak kejadian yang beruntun itu membuat keluarga mereka panik luar biasa.

Peristiwa yang sama, tanpa pengecualian, juga menimpa Pak Paga dan Pak Lino di rumah mereka masing-masing.

Keluarga mereka panik. Tabib segera dipanggil, diikuti oleh dukun-dukun paling disegani di desa. Ramuan disiapkan, mantra dibacakan tanpa henti. Namun semua usaha itu sia-sia. Demam tak kunjung turun. Muntahan lumpur dan kerikil terus terjadi, seolah tubuh mereka berusaha memuntahkan kesalahan yang telah lama mereka pendam.

Ketika muntahan itu akhirnya mereda, kondisi ketiganya justru semakin memburuk. Mereka memasuki fase halusinasi yang mengerikan. Di mata mereka, kamar yang gelap mendadak terasa terang. Ketiganya meronta di atas ranjang, tubuh mereka gemetar kuat oleh ketakutan yang tak mampu mereka jelaskan.

Pak Roson berteriak histeris, menunjuk ke sudut ruangan yang tampak kosong bagi orang lain.

"Ampun..., jangan! Itu bukan sepenuhnya kesalahan saya. saya hanya ingin hidup lebih baik."

Pak Paga menggerakkan tangannya, seolah mencoba menghalau sesuatu yang perlahan mendekat.

"Pergi! Jangan sentuh aku! saya tidak tahu. saya sungguh tidak tahu bahwa semua ini akan merusak kedamaianmu."

Sementara itu, Pak Lino terisak pelan. Wajahnya pucat, air mata bercampur keringat daan tetesan lumpur dari bagian tubuhnya. Ia coba mengusap lumpur itu namun, tetesan lumpur itu terus mengalir dari dalam tubuhnya, "Maafkan aku... maafkan kami. Kami telah mencemari tempat sucimu. Kami memohon, kembalikan kami seperti semula." Sambil mengusap tetesan lumpur di bagian perutnya.

Mereka terus meratap, memohon belas kasihan kepada sosok sakral yang hanya dapat mereka lihat. Dalam penglihatan mereka, sosok tersebut berdiri anggun, wajahnya cantik namun dingin, matanya memancarkan amarah yang tertahan. Ia bukan lagi sosok legenda yang lembut, melainkan penjaga yang murka atas kedamaian yang telah dirusak.

Rintihan penyesalan dan jerit ketakutan memenuhi malam. Sementara itu, keluarga mereka hanya dapat menyaksikan dengan ngeri, tak melihat apa pun selain tubuh yang sangat tersiksa. Mereka tidak menyadari bahwa kutukan Dewi penunggu Danau telah benar-benar bangkit, tak seorang pun dapat melarikan diri darinya.

Sementara itu beberapa warga datang berbondong-bondong ke kediaman pong Dongga. Menanyakan nasib dan kehidupan mereka kedepannya.

"Bagaimana dengan hidup kami ke depannya?" ujar salah seorang warga yang juga ikut memadati halaman rumah Pong Dongga siang itu.

"Pong Dongga, sekarang kutukan itu sudah menimpa kampung kita, Danau itu sudah menjadi tempat yang sangat mengerikan, Pong Dongga jangan diam saja, lakukan sesuatu!" lanjut warga yang lain, yang menaruh harapan besar kepada Sang Kepala Kampung sekaligus Kepala Adat.

"Saya tahu kesusahan kalian," ucap Pong Dongga dengan suara lantang, berdiri tegak di teras rumahnya. "Saya dan keluarga saya juga mengalami penderitaan yang sama seperti yang kalian rasakan hari ini. Sejak awal, saya dan orang-orang saya sudah sering memperingatkan—jangan rusak, jangan gali sumber mata air terjun itu. Karena itu... sama saja dengan membunuh kita semua. Tapi tetap saja, ada yang melakukannya. Dan akhirnya kutukn itu benar-benar terjadi"

Suasana hening sejenak. Lalu, dari kerumunan, terdengar suara teriakan penuh kegelisahan.

"Lalu sekarang bagaimana dengan hidup kami?!"

Pong Dongga menghela napas dalam, lalu menatap seluruh warga yang memenuhi halaman rumahnya.

"Kalian pulanglah. Malam ini, aku akan melakukan ritual memohon kepada Dewi Penunggu Danau yang selama ini menjaga perairan kita. Kita akan memohon, agar dia mau melepaskan kutukan ini dari kampung kita."

Warga yang hadir saling berpandangan, berbisik satu sama lain. Beberapa tampak ragu, yang lain tampak cemas. Tapi tak ada yang membantah. Perlahan, satu per satu mereka membubarkan diri dan kembali ke rumah masing-masing.

Begitu warga pergi, Pong Dongga segera memanggil Pak Taruk dan beberapa orang kepercayaannya untuk bersiap. Mereka akan menyiapkan prosesi pemanggilan sang Dewi Penunggu Danau—ritual yang tak pernah dilakukan sembarangan, hanya pada saat-saat yang benar-benar genting.

Di tengah kesibukan itu, Sean mendekati ayahnya. Matanya berkaca-kaca, suaranya lirih.

"Bapak... katakan, apa yang bisa Sean bantu?" ucapnya sambil menggenggam kedua tangan ayahnya.

Pong Dongga menatap putrinya dengan lembut. Ia tahu, beban ini tak hanya ditanggung oleh dirinya, tapi juga oleh putrinya sendiri.

"Sean, tenanglah. Biarkan Bapak yang mengurus semuanya. Kamu jangan bersedih, ya. Semua ini... pasti akan kita lalui bersama."

Tangannya terulur, mengusap pipi Sean yang telah basah oleh air mata.

"Bapak yakin?, semua akan kembali seperti semula?" tanya Sean dengan suara serak.

"Bapak yakin," jawabnya tegas. "Kamu tenang saja, sayang. Bapak ke pendopo belakang dulu. Kamu di sini saja."

Dengan langkah mantap, Pong Dongga pergi ke bagian belakang rumah, tempat pendopo ritual berada. Di sana, Pak Taruk dan dua orang kepercayaannya sudah menunggu dengan perlengkapan adat yang telah disiapkan, sesaji, dan kain ritual berwarna hitam dan perak.

Malam itu, angin berembus pelan namun terasa berat. Langit tampak kelabu, dan suasana mulai berubah—seolah alam pun bersiap menyaksikan sebuah permohonan sakral yang akan menentukan nasib seluruh kampung.

Pong Dongga sudah melakukan ritual sederhana untuk memanggil Dewi penunggu Danau, Namun tanda-tanda kedatangan Dewi penunggu Danau belum juga kelihatan, Pong Dongga mengerahkan seluruh kemampuannya, tapi tetap saja Dewi penunggu danau tidak menampakan diri pada malam ini.

BAB 7 – MURKA DEWI PENUNGGU

Beberapa hari setelah ritual pemanggilan dilakukan, keadaan bukannya membaik, justru semakin memburuk. Kutukan dari Dewi penunggu Danau sangat terasa menjalar ke setiap sudut kampung. Satu per satu ternak milik warga ditemukan mati bergelimpangan setiap pagi. Tak jelas sebabnya—seolah kehidupan perlahan dicabut dari segala penjuru.

Air danau semakin surut, meninggalkan bau lumpur dan kesunyian yang pekat. Warga kini hanya mengandalkan sisa-sisa air dari sumur-sumur di ladang, namun itu pun tidak bertahan lama. Beberapa sumur mulai mengering, dan tanah yang dulu basah oleh kelembaban alam kini retak, tandus, dan tak berpengharapan.

Petaka kutukan itu kini sungguh membuat warga desa sangat menderita. Hujan tak kunjung datang. Langit seolah membisu, menolak menurunkan airnya bagi bumi yang telah dilukai.

Yang lebih mengerikan lagi, hampir setiap malam tanah berguncang halus. Bukan gempa besar, tapi getarannya terasa hingga ke pelosok desa. Seolah bumi sendiri sedang resah. Semua warga kampung tahu... Dewi Penunggu Danau telah murka.

Tidak ada yang berani berkata terang-terangan. Tapi dari bisik-bisik di dapur, dari lirih permohonan sebelum tidur, dan dari wajah pucat para orang tua, semua tahu, kalau mereka sedang menerima akibat dari perbuatan mereka beberapa hari yang lalu. Ini hukuman yang telah dilanggar.

Dan beredar kabar kalau Pak Roson, Pak Paga dan Pak Lino sudah seperti menjadi mayat hidup, dirumahnya masing-masing, tubuh ketiga orang itu sudah tidak bisa digerkkan lagi, bukan hanya itu bahkan tubuh ketiga orang itu dipenuhi lumpur di hampir di sekujur mereka yang tersu menetes tanpa henti.

Semakin hari suasana semakin mencekap, setiap malam menjelang subuh, hembusan angin turun dari arah danau. Tapi angin itu tak seperti biasanya. Ia bertiup sangat dingin... dan berat. Seolah membawa suara. Bukan suara manusia, bukan pula suara hewan, melainkan suara bisikan yang bertiup di atas langit kampung, suara yang menakutkan, dan memperingatkan.

Kampung yang dulu ramai dan damai, kini diselimuti kecemasan. Malam-malam menjadi panjang, dan siang-siang tak lagi membawa harapan.

Saat fajar baru menyapa cakrawala dengan semburat cahaya ke emasan, halaman rumah Pong Dongga telah dipenuhi oleh orang-orang kepercayaannya. Sean pun turut berdiri di sana, mengenakan selendang kain tebal yang dibelitkan di bahunya, matanya tajam memperhatikan ayahnya.

"Turunkan semua padi dari alang yang kita punya. Bagikan rata ke semua rumah warga," ujar Pong Dongga tenang namun tegas. Ia menatap satu per satu mereka yang berdiri di hadapannya. "Ingat, jangan sisakan sedikit pun. Turunkan semuanya."

Tanpa sepatah tanya, semua lelaki itu pun segera naik ke lumbung-lumbung kayu yang berbentuk rumah adat suku mereka, menguras habis seluruh simpanan padi yang berada di semua alang. Bunyi keranjang bambu diseret dan langkah tergesa-gesa terdengar di antara sunyi pagi. Ikat demi ikat padi diturunkan dari atas alang ke dalam keranjang bambu berukuran besar, lalu disusun rapi untuk dibagikan.

Pak Taruk, yang berdiri di samping Pong Dongga, memecah keheningan. "Bagaimana dengan persiapan kita sendiri nanti, Pak?"

"Soal itu... nanti kita pikirkan lagi," jawab Pong Dongga, menepuk pelan pundak Pak Taruk. Ada keteguhan dan kebijaksanaan dalam suaranya, sekaligus pengorbanan yang mendalam.

Tak lama kemudian, Sean menghampiri mereka, berdiri tepat di hadapan ayahnya dan Pak Taruk. "Bapak... setelah ini, apa rencana kita?" tanyanya pelan.

Pong Dongga menarik napas panjang. Tatapannya mengarah ke orang-orang yang sibuk menurunkan padi dari atas alang atau lumbung. "Masih Bapak pikirkan Nak. Tapi yang penting sekarang, jangan ada satu pun warga yang kelaparan."

Kemudian ia menoleh kepada putrinya. "Sean, kamu dan Pak Taruk tolong bagikan padi ini secara adil. Pastikan semua warga menerima tanpa terkecuali."

Sean mengangguk patuh. "Baik Pa." Setelah itu, Pong Dongga berjalan perlahan meninggalkan halaman depan. Langkahnya menuju ke pendopo belakang rumah, tempat ia biasa menyendiri saat ingin berbicara dengan alam... atau dengan Dewi Penunggu Danau.

Sean hanya memandang punggung ayahnya yang semakin menjauh. Ia tahu sungguh tahu bahwa ayahnya tengah memanggul beban berat yang tak bisa dibagi dengan siapa pun. Maka, ia memilih untuk tidak mengikuti. Ia ingin memberi waktu bagi ayahnya untuk menenangkan hati... dan mungkin, untuk merancang harapan terakhir bagi kampung mereka.

Setelah seluruh padi diturunkan dari lumbung, Pak Taruk, Sean, dan para pengikut Pong Dongga segera bergegas menuju kampung. Mereka membagikan padi ke setiap rumah warga, tanpa terkecuali. Tak ada satu pun warga yang mengetahui rencana ini, sehingga banyak dari mereka terkejut ketika Sean dan orang-orang kepercayaan ayahnya datang mengetuk pintu dan menyerahkan padi. Saat matahari hampir sempurna menyapu pagi, hanya tinggal beberapa rumah lagi yang belum mereka datangi, salah satunya rumah Ato. Ketika rombongan itu hendak menuju ke sana, Sean tiba-tiba menahan langkah Pak Taruk dan yang lain.

"Kalian lanjutkan saja ke rumah yang lainnya, biar aku saja yang ke sini," ucap Sean pelan namun pasti. Pak Taruk mengangguk, lalu mengajak yang lain melanjutkan perjalanan.

Kini Sean berdiri sendiri di depan pagar rumah Ato. Ia menarik napas panjang, lalu perlahan mendorong pintu pagar dan melangkah masuk dengan hati-hati. Ia tahu, pasti ada orang di dalam. Setibanya di depan pintu rumah, Sean mengetuk pelan.

"Tok... tok... tok..."

"Ato, aku tahu kamu di dalam. Tolong keluarlah, ada titipan dari ayahku yang ingin kusampaikan kepada keluargamu," ucap Sean lembut.

Tak lama kemudian, seorang gadis kecil datang menghampirinya. Ia adalah adik Ato, Rara', berusia sekitar sepuluh tahun, dengan senyum ramah yang mengembang begitu melihat Sean.

"Kak Sean! Ayo masuk. Kak Ato masih tidur," sapa Rara' sambil menjabat dan mencium tangan Sean.

Sean tersenyum hangat dan menggeleng pelan. "Tak perlu, Rara'. Berikan ini saja pada ibumu, ya." Ia menyerahkan beberapa ikat padi, lalu membelai lembut kepala gadis kecil itu. Setelah itu, Sean berbalik, melangkah menuju halaman depan. Ia sempat berhenti sejenak, menatap sekeliling rumah itu—entah apa yang ada di pikirannya—kemudian ia lanjut berjalan menuju pintu pagar. Namun, belum sempat ia keluar, sebuah suara memanggil dari belakang. "Sean... tunggu sebentar!"

Sean menoleh. Ato berdiri di ambang pintu dapur rumahnya.

"Eh, Ato... kamu sudah bangun," sapa Sean, tersenyum.

"Sebenarnya dari tadi aku sudah bangun," jawab Ato datar.

"Aku tahu," balas Sean, masih dengan suara ramah.

Ato berjalan mendekat. "Sean... aku mau minta maaf. Aku tahu waktu itu kamu datang ke sini, tapi aku takut keluar menemuimu," ujarnya pelan, menunduk.

Sean diam, menunggu ia melanjutkan.

"Dua hari sebelum kamu datang, Buso, Leda, Lute, dan beberapa orang Pak Lino datang ke sini. Mereka mengancamku... Kalau aku bertemu denganmu..." Ato terdiam sesaat, menahan napas.

"Kenapa? Apa yang akan mereka lakukan kalau kamu bertemu denganku?" tanya Sean, kini mendekat.

"Mereka bilang... mereka akan membakar rumahku. Karena mereka yakin kalau aku bertemu kamu, aku pasti akan membocorkan rencana-rencana mereka," lanjut Ato, kali ini menatap wajah Sean langsung.

Sean mengangguk pelan. "Saya tidak menyangka, ternyata Leda, Buso, dan Lute bisa seperti itu, padahal kita dari kecil sudah bermain bersama, tapi... yah sudahlah. Terima kasih, Ato... sudah berani cerita. Jangan khawatir, aku tidak akan bilang pada siapa pun. Keluargamu aman," ucap Sean sambil menepuk pundaknya.

"Sean... maaf ya," suara Ato terdengar lirih.

"Maaf kenapa? Kamu tidak pernah berbuat salah padaku," jawab Sean, senyumnya masih setia di wajahnya.

"Karena aku menyembunyikan... bahwa mereka akan menggali semua mata air itu," kata Ato dengan suara hampir berbisik. "kalau saja dari awal aku memberitahukan kamu dan Pong Dongga tentang recana mereka, mungkin kutukan itu tidak terjadi seperti sekarang ini", suara Ato lirih penuh penyesalan.

"Sudahlah... kamu tidak salah. Semua sudah terjadi. Yang penting, kamu dan keluargamu sehat, kan?" tanya Sean.

Ato hanya mengangguk.

"Baiklah, Ato. Matahari sudah mulai tinggi, aku pulang dulu. Sampaikan salamku pada semua, ya," ucap Sean, melambai ke arah Rara' yang masih berdiri di depan pintu dapur.

Ato tak membalas sepatah kata pun. Ia hanya memandangi Sean yang perlahan melangkah pergi, menembus bayang pepohonan dan deretan rumah kampung, hingga sosoknya menghilang dari pandangan.

*Kembali ke Jaman Coki dan Nek Sa'Pang Desa kecil dibawah Kaki Gunung Sesean

"Lalu, akhirnya apa yang terjadi dengan kampung itu?, dan Kutukan Dewi penunggu Danau itu" tanya Coki, menatap Nek Sa'Pang dengan tenang. Nek Sa'Pang menarik napas panjang, lalu menjawab,

"Yaaah... kita makan siang dulu saja, nanti setelah makan, kita lanjutkan lagi ceritanya". Sambil berkata begitu, Nek Sa'Pang berdiri perlahan, turun dari alang, dan melangkah menuju dapur. Sementara itu, Coki masih duduk di tempat semula, menatap ke arah Nek Sa'Pang yang mulai menjauh."Ooo... Melda... *Ma'nasumoraka*?" (Melda, makan siangnya sudah siap atau belum?) seru Nek Sa'Pang sambil berjalan ke arah pintu dapur.Namun dari dalam, tak terdengar jawaban. Ia pun terus melangkah masuk. Dapur tampak kosong, meski api di tungku masih menyala. Tak berselang lama, dari arah belakang rumah, Melda datang sambil menenteng seekor ayam yang telah disembelih, tampak darah segar masih menetes dari leher ayam itu."Aaah... iya... saya baru saja mau bilang, potong satu ayam untuk tamu kita," ucap Nek Sa'Pang dalam bahasa daerah."Iya, makanya tadi saya lihat—kayaknya anak muda itu akan lama di sini, jadi saya langsung potongkan satu ayam," jawab Melda sambil duduk di depan tungku, membakar bulu ayam yang baru saja ia sembelih di belakang rumah. Sebagaimana kebiasaan suku Toraja, ayam yang telah disembelih tidak dicelup ke air panas untuk merontokan bulunya, melainkan bulunya langsung dibakar habis. Tak jarang, bahkan kulit ayam itu pun sampai hangus dan menghitam, karena dibakar hingga betul-betul bersih.

Aroma bulu ayam bakar tercium hingga ke luar rumah. Coki tersenyum tipis ketika melihat Nek Sa'Pang keluar dari dapur, sambil mengibaskan sarungnya ke leher. Nek Sa'Pang kemudian mendekati Alang tempat Coki masih dalam posisi semula.

"Sabar dulu, ya. Melda baru mengerjakan ayamnya, tidak lama lagi matang itu," ucap Nek Sa'Pang sambil berdiri di samping Alang lumbung padi.

"Iya, tidak apa-apa. Ini saja masih ada sisa sarapan yang tadi," jawab Coki seraya menunjuk piring berisi singkong rebus yang masih tersisa.

"Kami orang Toraja kalau masak, baik itu ayam atau segala jenis daging, itu tidak butuh waktu lama," Nek Sa'Pang menjelaskan.

"Lho, kenapa begitu?" tanya Coki, agak bingung.

"Soalnya kita orang Toraja ini... sangat miskin bumbu!" jawab Nek Sa'Pang sambil tertawa kecil. "Beda dengan orang-orang di Pulau Jawa sana, atau pulau-pulau lainnya. Kalau mereka masak ayam atau daging, bumbunya macam-macam, banyak sekali! Makanya masaknya lama dan rasanya juga pasti enak." jelas Nek Sa'Pang sambil tertawa kecil.

"Orang Toraja memang tidak suka bumbu-bumbu, ya, Nek?" tanya Coki penasaran.

"Kalau masalah suka, mungkin suka, cuma bumbu yang kami kenal itu sangat minim. Tapi Nak Coki tidak usah khawatir, walaupun kami orang Toraja minim bumbu dalam masakan, soal rasa jangan khawatir," ucap Nek Sa'Pang lagi, sambil tersenyum-senyum,coba membuat Coki makin tidak penasaran.

Setelah mengobrol beberapa lama, akhirnya terdengar suara dari dalam dapur. "Eh, ayo masuk, itu Melda sudah memanggil dari dalam," ajak Nek Sa'Pang. Coki hanya mengangguk lalu turun dari Alang, mengikuti Nek Sa'Pang dari belakang. "Ayo... ayo, silakan duduk," kata Melda sambil mempersilakan Coki mengambil tempat. Ia kemudian meletakkan piring di atas meja makan, lalu kembali ke tungku dapur.

Tak lama berselang, Melda datang membawa sebuah mangkuk besar hampir seukuran piring saji yang berisi masakan yang sebelumnya diceritakan oleh Nek Sa'Pang. Uap masih mengepul dari permukaannya, menyebarkan aroma yang khas dan menggoda. Dan benar saja, apa yang dikatakan Nek Sa'Pang tadi bukan isapan jempol.

Hanya dengan beberapa batang serai yang dimemarkan, masakan Melda siang itu berhasil membangkitkan selera makan Coki.

Beberapa kali Coki terlihat meminta izin untuk menambah ayam dan nasi. Melihat antusiasme tamunya, Melda dan Nek Sa'Pang tampak senang dan bangga.

Setelah selesai makan, Coki dan Nek Sa'Pang masih duduk di meja, melanjutkan percakapan hangat mereka.

"Iya, benar kata Nek Sa'Pang tadi. Walaupun masakan Toraja minim bumbu, rasanya nggak kalah enak dibanding masakan yang pakai banyak bumbu. Kadang malah saking banyaknya bumbu, kita jadi nggak tahu mana daging, mana lengkuas," kata Coki sambil tertawa kecil, menyisipkan candaan.

Spontan, tawa meledak dari Nek Sa'Pang dan Melda.

"Memangnya ada yang seperti itu?" tanya Melda sembari menumpuk piring bekas makan.

"Ada, Kak! Jadi saking banyaknya bumbu, kita sampai bingung ini yang saya makan daging, atau lengkuas?" jawab Coki, membuat semua yang ada di ruangan itu tersenyum lagi.

"Iya... kalau di kampung sini, kami hampir tidak mengenal bumbu selain serai, jahe, dan lengkuas," balas Melda sambil menyebutkan tiga bumbu andalan mereka.

"Serius, Kak? Cuma itu bumbunya?" tanya Coki heran.

"Kadang malah cuma serai saja, dicampur air dan garam," jawab Melda.

"Kalau begitu, itu bukan kurang bumbu, Kak... tapi memang nggak pakai bumbu," canda Coki, disambut tawa kecil dari Melda.

"Yah, begitulah... namanya juga tinggal di gunung seperti ini," sahut Melda, tersenyum tenang.

"Tapi, terima kasih banyak, Kak. Tadi masakan Kakak benar-benar enak. Saya sampai nggak percaya kalau bumbunya cuma serai," puji Coki dengan tulus.

"Kami senang, kalau ada tamu bisa makan dengan lahap," jawab Melda, tersenyum ramah.

"Iya... begitulah kami di kampung. Kalau ada tamu yang makan dan minum seperti kami, rasanya kami sangat dihargai," sambung Nek Sa'Pang.

"Memang seharusnya begitu. Dan rasanya juga benar-benar enak kok. Makanya tadi saya sampai makan banyak," kata Coki.

"Maaf ya, Nek, Kak Melda... saya tadi sampai tiga kali nambah. Bukan karena kelaparan, tapi baru kali ini saya makan makanan yang hampir tanpa bumbu... tapi rasanya luar biasa," ucap Coki lagi, kali ini dengan senyum puas. "Tidak apa-apa, mau dihabiskan semuanya pun kami senang," jawab Melda.

"Eh, tadi kalian cerita apa di alang? Kelihatannya seru sekali dari pagi sampai siang," tanya Melda kepada Coki dan Nek Sa'Pang.

"Oh, itu cerita dongeng rakyat, tentang Gunung Sesean, Kak," jawab Coki. "Kalau saya penulis buku, sudah saya tulis semua yang tadi diceritakan Nenek," lanjutnya.

"Oh, itu... iya, sudah lama juga saya tidak pernah dengar lagi cerita itu," sahut Melda.

"Berarti dulu Kakak sering dengar cerita rakyat, Putri Sesean itu?" tanya Coki penasaran.

"Kalau dibilang selalu juga tidak, cuma memang dulu beberapa kali nenek-nenek kami sering menceritakan itu," jawab Melda.

"Itu diceritakan sambil baca buku, atau cuma diceritakan begitu saja tanpa dibaca di buku?" Coki makin penasaran.

"Diceritakan begitu saja, tanpa baca buku," jawab Melda.

"Dan kalau diceritakan ulang, ceritanya selalu sama dan tidak ada yang berubah, ya, Kak?" tanya Coki dengan rasa ingin tahu.

"Iya, jelas. Cara menceritakan dan ceritanya, berapa kalipun diceritakan, selalu sama dan tidak ada yang berubah," jawab Melda, seolah sedang mencoba mengingat masa kecilnya.

"Iya, karena cerita-cerita seperti itu memang diturunkan dari generasi ke generasi. Diceritakan langsung oleh orang tua kita dulu," sela Nek Sa'Pang yang sedari tadi mendengarkan. "Memang tidak ada bukunya, mungkin karena tak ada yang pernah menuliskannya. Tapi kami semua hafal isi ceritanya," lanjutnya, Ketiganya masih duduk santai di meja makan, menikmati sisa percakapan selepas makan siang.

"Melda, tolong buatkan kopi, ya. Kami mau ke alang lagi," pinta Nek Sa'Pang, sembari mengajak Coki untuk segera keluar mencari udara segar.

"Iya, nanti saya bawakan ke depan," jawab Melda singkat.

Nek Sa'Pang kemudian berdiri lalu disusul Coki. Mereka berdua bergegas kembali ke alang atau lumbung padi, melanjutkan cerita Putri Sesean.

BAB 8 – RITUAL TERAKHIR DI DANAU KERING

Setelah semua upaya yang Pong Donga dan pengikutnya lakukan, namun kutukan itu tidak hilang dari kampung mereka, Akhirnya Pong Dongga memutuskan untuk melakukan Ritual atau upcara *Merok (upacara persembahan tertinggi yang ditujukan kepada Penguasa alam semesta. Kurban persembahannya biasa hewan berkualitas terbik seperti kerbau dan lain-lain).*

Dan akhirnya persiapanpun dilakukan dirumah Pong Dongga.

Di Subuh yang senyap itu udara terasa sangat dingin dan menusuk, jauh sebelum kokok ayam jantan bersahutan di langit desa—memecah tirai malam demi menghantar sang fajar dengan cahaya keperkasaannya.

Di rumah Pong Dongga, keheningan yang biasanya mendominasi kini digantikan oleh derap langkah dan bisikan yang berdetak dalam ritme yang aneh terbungskus kesedihan. Ini bukanlah keriuhan pesta, melainkan desas-desus putus asa dari sebuah komunitas yang mungkin berdiri di ambang kehancuran.

Semua pengikut setia Pong Dongga telah berkumpul. Warga desa yang selama ini mencibir, kini datang dengan langkah penuh harap. Satu per satu mereka muncul dengan mata yang menyiratkan permohonan mendalam.

Di barisan terdepan, tampak Leda dengan bahu yang merosot lesu. dengan beban rasa bersalah terasa lebih berat daripada dinginnya kabut subuh itu. yang sehari sebelumnya, tepat saat senja mulai memerah, ternyata Leda dan beberapa orang warga yang turut merusak sumber mata air, telah mendatangi sisa-sisa sumber mata air terjun yang pernah mereka rusak dengan tangan mereka sendiri. Di sana, di tengah kerusakan yang hening dan memilukan, mereka bermohon dan mencoba memperbaiki apa yang telah mereka hancurkan. mereka berharap dengan sangat bahwa Dewi Penunggu Danau akan melihat sisa-sisa Nurani mereka dan mencabut kutukan yang menyengsarakan desa mereka selama beberapa hari ini. Namun, harapan Leda dan warga yang ikut dengannya itu, tidak lebih dari debu dimusim kemarau yang tertiup lalu hilang dibawah terik sinar matahari. Dewi Penunggu Danau tetap bergeming. Alam telah murka dengan teramat sangat dan seolah telah menutup pintu maaf bagi mereka. Kutukan itu tetap berjalan tanpa ada yang bisa menghentikannya, menghisap sisa-sisa kehidupan dari tanah mereka yang rusak.

Menyadari bahwa segala usaha yang mereka lakukan, telah menemui jalan buntu, Leda dan para warga yang dulu ikut bersekutu menghancurkan sumber mata air itu akhirnya menyerah. Dengan langkah berat yang diseret oleh rasa malu dan penyesalan yang mendalam, mereka bergegas menuju kediaman Pong Dongga. Mereka datang bukan lagi sebagai penentang yang penuh kesombongan dan keserakahan seperti yang dulu mereka perlihatkan, melainkan sebagai orang-orang yang putus asa yang tak berdaya di bawah bayang-bayang ketamakan mereka sendiri. Di dalam hati, mereka telah bersumpah untuk melakukan apa saja, bahkan lebih dari itu Leda rela menyerahkan nyawanya demi menebus dosa besar yang telah di perbuat. Yang kini telah mengorbakan Nasib seluruh warga desa. Saat gerbang halaman rumah Pong Dongga sudah tampak di depan mata, langkah mereka mendadak terhenti. Mereka saling melempar tatapan penuh dengan keraguan, seolah tempat yang mereka tuju terlalu suci untuk pendosa seperti mereka. Namun, Leda dengan berbesar hati memberikan isyarat tegas agar mereka tetap maju. Dengan kepala tertunduk, mereka memasuki pekarangan rumah yang sudah dipadati oleh para pengikut Pong Dongga dan warga lainnya.

Mata Leda menyapu ke seluruh penjuru halaman yang luas itu, mencari sosok Pong Dongga atau Sean. Ia merasa harus menghadap sang pemilik rumah terlebih dahulu. Akhirnya, di salah satu sudut pekarangan, ia melihat Pong Dongga berdiri mematung, mengawasi para pekerja yang sibuk mempersiapkan peralatan dan bahan sesajen untuk ritual. Tanpa membuang waktu, Leda berlari menghampiri Pong Dongga, diikuti oleh rombongan warga di belakangnya.

Kehadiran mereka yang tiba-tiba sontak mencuri perhatian semua orang. Sean, yang berada tak jauh dari sana, terperanjat melihat kedatangan Leda.

"Pong Dongga... dengan segala penyesalan yang besar, kami mohon maaf atas segala perbuatan dan ketamakan kami," ucap Leda gemetar, lalu seketika bersimpuh di kaki Pong Dongga.

Melihat tindakan Leda, Pong Dongga hanya terdiam. Wajahnya keras tanpa ekspresi, tak ada sepatah kata pun yang keluar dari bibirnya.

"Benar, Pong Dongga... Kemarin kami telah kembali ke air terjun, mencoba memperbaiki kerusakan yang sudah kami buat, tapi kutukan itu tidak kunjung hilang juga. Kami sangat menyesali perbuatan kami... mohon maafkan kami," sambung seorang warga di belakang Leda dengan suara parau yang tak mampu mengangkat wajahnya.

Pong Dongga menarik napas panjang, lalu menatap mereka dengan tatapan dingin. "Kenapa baru sekarang kalian sadar?" tanyanya dengan suara datar namun menusuk. "Sekarang, maaf kalian sudah tidak ada gunanya lagi."

Ia menjeda sejenak, memandang tanah gersang di sekeliling pekarangan rumahnya "kehidupan di kampung kita sudah hancur berantkan, dimakan oleh kutukan, akibat perbuatan kalian sendiri. Meminta maaf kepadaku tidak akan mengubah apa pun," lanjutnya, masih dengan nada tanpa emosi yang justru terasa lebih menyakitkan daripada kemarahan.

"Kami bersedia melakukan apa pun untuk menghilangkan kutukan ini," sahut Leda dengan nada tegas yang sedikit bergetar. Ia menundukkan kepalanya dalam-dalam. Sadar akan besarnya dosa yang telah ia perbuat, Leda merasa tak lagi layak mengangkat wajah di hadapan Pong Dongga. Bayang-bayang keserakahannya seolah menjadi beban berat yang menekan pundaknya ke tanah.

"Bahkan... saya rela menyerahkan hidup dan nyawa saya, asalkan kutukan ini hilang dan pergi dari tanah kelahiran kita," ucapnya lagi. Kalimat itu meluncur dari bibirnya dengan getir, seolah setiap kata adalah upaya untuk membasuh noda kesalahan yang telah mengakar di jiwanya. Warga di belakangnya pun terdiam tak tahu mau berkata-kata apalagi, mereka ikut merasakan beratnya sumpah yang diucapkan Leda. Yang mewakili penyesalan mereka semua.

Pong Dongga menatap sosok pemuda yang kini bersimpuh di depannya dengan tatapan yang sulit diartikan. Seperti ada amarah disana, namun ada juga rasa iba dibalut kebijaksaaan di lubuk hatinya.

"Sudahlah," ucap Pong Dongga akhirnya dengan suara yang lebih rendah. "Sekarang, bergabunglah dengan yang lain. Bantu mereka mempersiapkan segala kebutuhan untuk ritual besok siang di danau yang sudah kering."

Tanpa menunggu jawaban, Pong Dongga membalikkan badan dan berlalu pergi, meninggalkan Leda dan rombongannya dalam keheningan pekarangan yang dingin. Leda masih terpaku di sana, menatap tanah yang retak-retak, ia tidak menyadari bahwa sumpah yang baru saja ia ucapkan, tentang menyerahkan nyawa—akan menjadi kenyataan pahit yang abadi di puncak gunung yang sebentar lagi akan lahir.

Akhirnya, Leda dan warga yang bersamanya mulai berbaur, menyatu dengan kerumunan orang yang telah lebih dulu sibuk mempersiapkan perlengkapan ritual. Sementara di sudut lain pekarangan, Sean tetap terpaku di tempatnya. Matanya sempat menangkap momen saat Leda bersimpuh penuh duka di kaki ayahnya, namun hatinya masih terasa kelu. Rasa kecewa dan luka yang ditinggalkan oleh pengkhianatan sahabat masa kecilnya itu belum sepenuhnya mengering apalagi sembuh. Luka itu masih menganga, perih setiap kali ia melihat wajah Leda. Meskipun ia tahu Leda telah datang membawa penyesalan yang teramat sangat, Sean tak mampu menggerakkan kakinya untuk datang menghampiri Leda. Ia hanya menatap dari kejauhan dengan pandangan yang kosong dan sayu. Tidak ada sapaan, tidak ada lambaian tangan. Jarak beberapa Langkah di antara mereka terasa seperti jurang yang sangat dalam. Sean membuang muka, mengalihkan pandangannya di kerumuan orang di halaman rumahnya, lalu kemudian memilih untuk kembali tenggelam dalam kesibukannya sendiri, membiarkan keheningan yang menyakitkan itu tetap menggantung di antara mereka. Sementara Leda masih belum punya keberanian yang cukup, untuk datang menghampiri sahabat kecilnya itu, apalagi Ketika ingatan tentang kata-kata Sean yang beberapa kali memperingatkan akan rencana-rencana bodoh mereka dulu yang tamak ingin mencari harta semu didalam sumber mata air terjun yang memang tidak terbukti kebenarannya.

Akhirnya semuanya kebali sibuk menyiapkan berbagai peralatan ritual— ada sesajen yang tampak dibungkus kain tenun tertua, beras putih dan hitam hasil panen terakhir, dan tanduk kerbau yang dihiasi daun sirih, dengan beberapa simbol, seperti simbol permohonan. Di tengah kesibukan itu, Pong Dongga berjalan pelan menghampiri Pak Taruk, yang dipercaya Pong Dongga memimpin para Para pengikutnya serta masyarakat desa untuk mempersiapkan semua yang dibuthkan untuk ritual. "Bagaimana, Pak Taruk? Apakah semua yang kita perlukan ritual *merok* sudah ada semua?" tanya Pong Dongga, suaranya sedikit tertekan oleh kesedihan yang tak tertahankan. Pak Taruk, yang wajahnya kini tampak menua sepuluh tahun dalam semalam, menganggguk berat hampir tanpa ekspresi. "Sudah,. Semua yang kita perlukan siang nanti sedang kita siapkan semua. "Tapi, Pak..." Pak Taruk menahan napas, matanya dipenuhi ketakutan. "Apakah... ini benar-benar akan berhasil? Air danau sudah hilang kering, bahkan lumpur saja sudah tidak ada, semuanya suda kering", Pong Dongga menepuk bahu Pak Taruk, dengan sedikit senyum yang terlihat dipaksakan, mengisyaratkan kekuatan dan semangat yang mungkin ia sendiri hampir sudah tidak punya, "Hanya satu cara untuk kita tahu,

Pak Taruk. Kita harus menunjukan penyesalan kita, dengan hati dan perbuatan yang tulus dari dalam diri kita. Dewi Danau mungkin murka pada keserakahan kita, tapi Ia adalah Ibu dari Danau. Kita kesana bukan untuk meminta, tapi untuk menyerahkan diri kita pada kehendak-Nya. kerjakan semuanya, karena ini adalah nafas dan kesempatan terakhir yang kita punya sekarang."

Tak lama kemudian, di sudut halaman yang remang, Sean melangkah perlahan, datang menghampiri ayahnya, ia menarik nafas panjang lalu mendekat ke Ayahnya. Suasana hatinya gelisah. Ia bisa merasakan kejanggalan pada sorot mata Ayahnya. Ada keputusasaan yang tak mampu ia tunjukan melalui raut wajahnya, yang tidak terucapkan. "Pa,.." bisik Sean, wajahnya murung, senyum manis yang selama ini terpancar diwajahnya, seolah tidak pernah ada sebelumnya. "apa yang akan kita lakukan setelah upacara *merok* ini selesai?, apakah kita semua akan mati?, apakah desa kita akan berakhir semua saat matahari tenggelam?", Pong Dongga tersenyum,. ia masih mampu memberikan senyum yang hangat kepada putri semata wayangnya. "anaku Sesean. Sejak kau masuk kedalam hidup Bapa, Bapa tahu kau adalah karunia yang paling berharga". Matanya menatap jauh, ke arah kegelapan di luar yang akan segera berubah menjadi pagi. "Percayalah, apa pun yang terjadi hari ini... ini adalah usaha terakhir kita. Memang ada hal yang harus ditebus, Sean. Bukan hanya air, tapi kehormatan desa kita. Bapak hanya ingin kau berjanji satu hal, jika Danau itu kembali, jika air itu kembali mengalir jernih... Kau harus menjadi penjaga yang lebih baik dari Ayah". Air mata Sean menetes di tangan Ayahnya. Ia mencengkeram kain tenun Ayahnya dengan erat. "Tidak! Jangan bicara seperti itu! Kita semua akan kembali. Kita semua akan kembali, dan kita akan merayakan air itu bersama malam nanti, Sean tidak mungkin bisa tanpa Bapak", Pong Dongga menggeleng pelan, lalu memeluk putrinya dengan erat, pelukan yang terasa seperti terakhir kalinya. "Semua akan Kembali baik-baik saja nak, Sean,.. ingat pelajaran ini, sebesar dan sebanyak apapun kekayaan harta benda, tak akan pernah sebanding dengan setetes air bersih. Yang menghidupi kita dan nenek moyang kita selama ini", Pong Dongga melepaskan pelukannya, lalu berjalan didekat kerumunan orang-orang yang tengah sibuk mempersiapkan perlengkapan ritual siang nanti. Sean mengikuti ayahnya dari belakang sambil memperhatikan ayahnya dengan penuh kecemasan.

Dari arah timur, cahaya keemasan perlahan mulai muncul diatas langit, kabut tipis terpecah diatas langit desa, satu persatau suara kokokan ayam mulai bersautan di langit desa, menyambut keperkasaan sang fajar yang datang memberi kehidupan baru bagi seisi cakrawala. Para pengikut Pong Dongga telah menyelesaikan semua persiapan. Sesajen, alat-alat ritual, dan persembahan kini tertata rapi di halaman rumah. Mereka duduk berkelompok di lumbung padi dan teras rumah, dalam keheningan yang dingin. Tidak ada canda tawa, hanya wajah-wajah kusam yang tergambar oleh ketakutan dan harapan yang tipis. Pong Dongga berjalan perlahan, matanya yang tajam menyapu setiap detail sesajen. Pak Taruk, dengan langkah tergesa-gesa dan raut cemas, mengikutinya. Sean, membisu di belakang keduanya, memperhatikan setiap gerak-gerik Ayahnya. Pong Dongga berhenti di depan deretan persembahan. Pak Taruk segera menghampiri, menunduk hormat. "Apakah masih ada yang kurang, Pong Dongga?" tanyanya sambil ikut menatap perlengkapan ritual yang terhampar. Pong Dongga menggeleng tipis. "Sepertinya tidak. Semuanya sudah sesuai," ucapnya, pandangannya beralih ke langit yang kini hampir sepenuhnya terang. "Pastikan semua orang siap. Tepat saat matahari berada diatas longa-longa (bagian atap paling tinggi rumah adat Tongkonan), kita akan menuju ke bekas Danau yang sudah Kering". Pak Taruk mematung di tempatnya, menatap punggung Pong Dongga yang kembali melangkah. Dari arah belakang Sean buru-buru mempercepat langkahnya, melewati Pak Taruk yang masih terpaku, untuk menyusul dan berjalan berdampingan dengan Ayahnya. Mereka berjalan dipekarangan rumah di sela-sela orang-orang yang sedang menunggu matahari datang membawa harapan baru. Di tengah sisa-sisa harapan desa yang kini hanya tinggal ritual terakhir.

Melihat Sean berjalan-jalan mengelilingi pekarangan rumah bersama ayahnya, Leda mengamati mereka dari jarak yang tidak begitu jauh. Angin pagi berhembus pelan menebar hawa dingin kesemua penjuru desa, namun batin Leda justru berkecamuk hebat. Ia berusaha mengumpulkan keberanian untuk mendekati Sean, sebab sejak pertama kali ia datang ke rumah itu, hingga saat ini, Sean sama sekali tidak menghiraukannya. Sikap Sean seolah-olah meniadakan keberadaan Leda di rumahnya.

Setelah diliputi berbagai pertimbangan dan kegelisahan, akhirnya Leda melangkah perlahan menghampiri Sean, yang kini berdiri terdiam tanpa obrolan dengan ayahnya. Dengan wajah tertunduk dan suara yang lirih, Leda membuka obrolan,

"Sean, maaf kalau saya menggagu. saya hanya ingin berbicara sebentar." Sean hanya meliriknya sekilas, lalu kembali memalingkan pandangannya ke arah orang-orang di kejauhan. Leda menarik napas dalam-dalam, lalu melanjutkan dengan suara lirih,

"Aku sadar sepenuhnya, semua ini adalah kesalahanku. Aku tak pernah mau mendengarkan kata-katamu."

Ia terdiam sejenak, seakan menata hatinya, lalu melanjutkan, "Bahkan peringatan Pong Dongga pun kuabaikan. Hingga akhirnya, kutukan ini menimpa kampung kita."

Usai mengucapkan kata-kata itu, Leda merasakan sedikit kelegaan di dadanya, seolah beban berat yang selama ini ia pikul mulai terangkat. Pong Dongga, yang sejak tadi mendengar pengakuan Leda, hanya menoleh sekilas. Tanpa berkata sepatah kata pun, ia berbalik dan melangkah pergi meninggalkan Leda dan Sean. Saat melewati Leda, Pong Dongga menepuk Pundak emuda itu pelan, tanpa menoleh ataupun memalingkan wajahnya.

Sementara itu, bagi Sean, pengakuan Leda barusan terasa tak lagi berarti. Meski bagi Leda kata-kata dia barusan adalah pengakuan dosa yang lahir dari penyesalan terdalamnya, namun bagi Sean semuanya telah terlanjur terjadi.

Keheningan pun menengahi mereka. Leda tak lagi melanjutkan ucapannya, sedangkan pikiran Sean melayang pada apa yang akan terjadi siang nanti setelah ritual dilangsungkan, dan pada senja nanti ketika matahari tenggelam di balik perbukitan.

Akhirnya, Sean memecah kesunyian itu.

"Leda... sudahlah. Semua sudah terjadi. Tak ada lagi yang perlu kau sesalkan, apalagi dibahas."

Usai berkata demikian, tanpa menunggu balasan, Sean melangkah pergi, meninggalkan Leda yang masih berdiri terpaku, terkurung oleh rasa bersalah dan penyesalan yang tak kunjung sirna.

Matahari kian meninggi, merayap menuju puncak *longa-longa rumah Tongkonan*.. Kurang dari tiga jam lagi, matahari akan tepat berada di atas longa-longa, menandai saat ketika siang mencapai puncaknya, atau tengah hari segera tiba. Setelah perjamuan siang berakhir, suasana di halaman rumah itu berubah menjadi khidmat dan mencekam.

Pong Dongga berdiri dengan gagah di tengah halaman, mengenakan pakaian kebesarannya yang bersulamkan benang-benang warisan tua leluhur. Di sekelilingnya, para pengikut setianya membentuk lingkaran. Di tengah lingkaran itu, beraneka sesajen untuk upcara *merok* telah terhampar rapi di atas tikar, Di tengah-tengah sesajen itu terletak sebuah piring kecil menyerupai mangkuk, terbuat dari tanah liat, berisi tumpukan serat kayu kering. Dari dalamnya mengepul asap tipis, perlahan naik ke udara, membawa serta harum wewangian yang lembut, membelah angin, dan menyelimuti tempat itu dengan suasana sakral nan hening Mereka tengah melakukan ritual kecil, sebuah upacara pembuka sebelum iring-iringan berangkat menuju dasar danau yang telah mengering.

Sean dan Leda berdiri agak berjauhan dari kerumunan itu. Meski tidak berdekatan, wajah keduanya sama-sama memancarkan ketakutan yang tak lazim. Leda beberapa kali terlihat menggoyangkan kakinya, pertanda gelisah yang tak mampu ia sembunyikan. Berbeda dengan Pong Dongga, yang tampak tenang dan mantap saat memberikan pengarahan kepada Pak Taruk dan para pengikutnya. Dengan suara berat dan berwibawa, Pong Dongga berkata,

"Hari ini adalah hari penentuan nasib kita semua. Nasib kampung ini akan ditentukan pada hari ini. Kita akan melangkah menuju bekas danau yang sudah kering, dengan hati yang tulus, untuk memohon ampun kepada Dewi Penunggu Danau."

Suara Pong Dongga menggema di antara kumpulan orang-orang yang berdiri melingkar pada pagi yang beranjak menuju siang itu. Setiap orang yang hadir mendengarkan dengan saksama, menyimak tiap kata demi kata yang terucap dari kepala desa mereka, seolah kata-kata itu adalah penentu hidup dan mati kampung yang mereka cintai.

Iring-iringan pembawa sesajen itu perlahan mulai meninggalkan pelataran rumah Pong Dongga. Di barisan paling depan, Pong Dongga melangkah dengan wibawa yang berat, diikuti oleh Sean dan Pak Taruk yang berjalan tepat di belakangnya, lalu kemudian disusul iring-iringan pembawa sesajen, yang tidak lupa *kerbau Saleko (kerbau dengan corak, belang, warna hitam dan putih)* beberapa ekor yang gemuk, sebagai symbol persembahan.

Setelah itu disusul warga lainnya ikut mengekor dari belakang. Tak ada percakapan yang terdengar, langit seakan membisu, hanya menyisakan bunyi derap langkah kaki yang beradu dengan tanah serta hela napas berat yang sarat akan beban batin. Setiap jengkal langkah mereka membawa kecemasan dan ketakutan yang luar biasa, seakan-akan iring-iringan itu bukanlah menuju tempat pemujaan, melainkan sedang melangkah menuju altar penghukuman. Begitu mencekamnya suasana, hingga tak seorang pun di antara mereka yang sanggup mengeluarkan suara.

Dalam perjalanan menuju dasar danau yang telah mengering, penduduk desa rupanya telah menunggu di sepanjang jalan. Satu demi satu, mereka ikut bergabung dan memperpanjang barisan. Mulai dari kaum lelaki, para perempuan tua, hingga anak-anak kecil, semuanya mengekor dengan langkah yang penuh kecemasan di belakang para pembawa sesaji. Meskipun kerumunan warga kian membeludak, kesunyian tetap menyelimuti perjalanan itu. Suasana tetap senyap seolah-olah maut tengah mengintai, dan pada wajah-wajah yang letih itu, terukir ketakutan yang teramat dalam akan hari esok.

Sebenarnya, di dalam hati Pong Dongga tersimpan kecemasan yang kian menebal saat dia dan rombongannya mulai mendekat ke Danau kering itu. Sambil melangkah perlahan, matanya terus memandangi bekas danau yang telah lama mengering itu. Semakin dekat ia melangkah, semakin besar pula rasa takut yang menggelayut di dadanya. Dalam benaknya, terlintas firasat buruk—sebuah pertanda yang belum ia pahami apa itu, namun terasa begitu nyata, seolah sesuatu yang besar dan kelam tengah menanti di hadapan mereka. Beberapa kali Pong Dongga menyeka keringat di wajahnya. Tangannya sempat mengepal, menahan kegelisahan yang tak terucap, lalu kembali terjuntai lemas dan terayun. Langkahnya tetap tegap, namun hatinya tak lagi setenang yang ingin ia perlihatkan.

Tatapan Sean tak pernah lepas dari ayahnya, yang berjalan hanya beberapa langkah di depan. Ia tahu, ayahnya sedang dilanda gelisah, meski berusaha menyembunyikannya. Dengan langkah kecil yang dipercepat, Sean menghampiri Pong Dongga dan mensejajarkan langkahnya di samping sang ayah. Menyadari kehadiran putri semata wayangnya, Pong Dongga menoleh. Di wajahnya masih tersisa senyum tipis—senyum yang dipaksakan agar tampak tegar. Sean membalas senyum itu, lalu menggenggam erat tangan ayahnya. Pong Dongga pun membalas genggaman tersebut, seolah ingin memastikan bahwa ia tidak berjalan sendirian. Namun di dalam hati Sean, ada perasaan yang tak mampu ia namai. Seakan-akan langkahnya hari itu bukan sekadar menemani ayahnya, melainkan mengantarkan Pong Dongga menuju sebuah pengadilan sunyi—tempat keputusan besar akan dijatuhkan padanya, tanpa hakim, tanpa pembelaan dan tanpa suara. Semakin jelas bekas danau kering itu tampak di hadapan mereka, semakin erat pula Sean menggenggam tangan ayahnya. Sesekali ia menatap wajah Pong Dongga, namun pandangan sang ayah tak bergeser sedikit pun. Tatapan Pong Dongga semakin tajam, menembus tanah retak dan hamparan kering di hadapan mereka. Ketegaran kepala desa sekaligus *to mina* / tetua adat itu mulai tergoyahkan. Setiap langkah yang mendekat ke bekas danau terasa semakin berat, seolah tanah yang kering itu menyimpan ingatan lama—dan kini bersiap menagihnya kembali.

Iring-iringan pembawa sesaji itu perlahan mulai meninggalkan pelataran rumah Pong Dongga. Di barisan paling depan, Pong Dongga melangkah dengan wibawa yang berat, diikuti oleh Sean dan Pak Taruk yang berjalan tepat di belakangnya, lalu kemudian iring-iringan pembawa sesajan dan warga lainnya. Tak ada percakapan yang terdengar, langit seakan membisu, hanya menyisakan bunyi derap langkah kaki yang beradu dengan tanah serta hela napas berat yang sarat akan beban batin. Setiap jengkal langkah mereka membawa kecemasan dan ketakutan yang luar biasa, seakan-akan iring-iringan itu bukanlah menuju tempat pemujaan, melainkan sedang melangkah menuju altar penghukuman. Begitu mencekamnya suasana, hingga tak seorang pun di antara mereka yang sanggup mengeluarkan suara.

Dalam perjalanan menuju dasar danau yang telah mengering, penduduk desa rupanya telah menunggu di sepanjang jalan. Satu demi satu, mereka ikut bergabung dan memperpanjang barisan. Mulai dari kaum lelaki, para perempuan, tua dan muda, hingga anak-anak kecil, semuanya mengekor dengan langkah yang penuh kecemasan di belakang para pembawa sesaji. Meskipun kerumunan warga kian membeludak, kesunyian tetap menyelimuti perjalanan itu. Suasana tetap senyap seolah-olah maut tengah mengintai, dan pada wajah-wajah yang letih itu, terukir ketakutan yang teramat dalam akan hari esok.

Akhirnya, Pong Dongga beserta rombongannya tiba di tepian danau yang gersang. Ia seketika menghentikan langkah, membuat seluruh barisan di belakangnya turut terhenti. Dengan tergesa-gesa, Pak Taruk melangkah maju dan menghampiri sang pemimpin. "kira-kira di mana kita akan melangsungkan ritual ini?" tanya Pak Taruk sembari mengambil posisi hampir mendahului Pong Dongga. Namun, Pong Dongga hanya terdiam sambil mengamati bekas Danau itu, lalu ia melangkah maju bebera langkah dengan Sean yang masih setia menggenggam jemarinya. "Kita akan turun ke sana, menuju lekukan tanah yang paling dalam itu," ucap Pong Dongga pelan, sembari memandang lurus ke arah ceruk raksasa yang tampak jelas dari tempat mereka berdiri.

Pong Dongga dan Sean mulai melangkah turun, menapakkan kaki di dasar danau yang telah mati. Pemandangan di sana terasa begitu memilukan—tanah merekah hebat, menyisakan kerutan retakan yang dalam akibat kekeringan panjang. Tanpa sisa lumpur sedikit pun, hanya hamparan bumi yang pecah menganga. Di belakang Pong Dongga, iring-iringan warga mengekor dengan langkah gontai, menyusuri dasar danau yang dulunya merupakan sumber kehidupan. Sementara itu, *Kerbau Saleko* telah ditambatkan di tempat khusus, Kerbau itu akan dikurbankan segera setelah ritual usai dilakukan.

Sesampainya di titik yang dituju, Pak Taruk segera memerintahkan para pengikutnya untuk meletakkan sesaji. Meski keletihan terpahat jelas pada wajah-wajah mereka, para pengikut itu tetap sigap menjalankan perintah. Mereka menurunkan beban sesaji dari pundak dan mulai menyusunnya satu demi satu dengan penuh ketelitian, hingga tatanannya persis seperti semula saat disiapkan di halaman rumah Pong Dongga. Setelah tugas itu usai, mereka mundur beberapa langkah dengan kepala tertunduk.

Perlahan, Sean melepaskan genggaman tangan ayahnya. Pong Dongga berjalan mendekati susunan sesaji, lalu ia duduk bersilah dengan khidmat. Seketika, seluruh pengikut dan warga yang hadir turut ikut duduk bersila melingkari sang pemimpin. Kesunyian yang amat berat menyelimuti tempat itu; semua orang terdiam dalam doa dan kecemasan, menanti dengan dada berdebar akan seperti apa akhir dari ritual besar ini.

Pong Dongga masih duduk bersilah, tanpa Gerakan atau aktifitas apapun, semua mata tertuju Pada Pong Dongga, menunggu untuk memulai ritual sakral itu dimulai, dia tidak memejamkan matanya, dia memperhatikan bayangannya, menunggu bayangannya tepat berada dibawahnya yang menandakan sudah tengah hari, atau istilah yang mereka sering gunakan, Matahari tepat berada diatasa Longa-longa. Tidak lama kemudian Ketika bayangannya sudah terlihat sangat pendek atau bahkan seolah-olah menghilang. Pong Dogga memulai ritualnya dia mengambil beberapa dedauanan yang terdapat di antara sesajen lalu mengibas, ngibaskan lalu kemudian meremasnya hingga terjatuh beberapa tetes ke tanah kering itu, sambil mulutnya membacakan mantra khusus, tangannya terus melakukan aktifitas diseputar barang sesaji tersebut. Cukup lama Pong Dongga melakukan ritual itu, namun tidak ada reakasi apa-apa dari alam, angin dan udara panas yang menerjang mereka, membuat beberapa Wanita dan orang tua menyingkir ketepi ketempat yang lebih teduh karena sudah tidak tahan lagi oleh angin panas dan teriknya matahari, namun Pak Taruk dan Pong Dongga dan Sean, serta masih banyak warga lainnya masih tetap bertahan di sekeling pong Dongga. Lama, bahkan cukup lama pong Dongga melakukan ritual itu namun tidak ada tanda-tanda atau reposn dari Dewi penunggu Danau, semua tampak senyap dan hampa. Harapan semua yang hadir disitu mulai sirnah hilang pengharapan. "sepertinya kutukan ini tidak bisa hilang lagi" bisik salah seorang warga yang sudah menepi ke tempat lebih sejuk ke salah satu rekannya di sampingnya, "iya.. berarti kesalahan kita sangat besar hingga kutukan ini tidak bisa hilang" jawab salah seorang, sambil terus mengamati Pong Dongga penuh was-was dari kejauhan yang terus berusaha melakukan ritual yang sepertinya akan gagal.

Pong Dongga mengeluarkan semua kesaktiannya dalam permohon melalui ritual itu, tapi sama saja, alam tidak memberi rekasi apa-apa, hingga diapun mulai putus asa dan mengakhiri ritualnya. Semua terdiam mengela nafas Panjang melihat Pong Dongga mengakhiri ritualnya. Tangis atau *ma'bating (ungkapan kesedihan atau penyesalan yang teramat dalam, biasanya disertai dengan kalimat-kalimat penyesalan)* diantara warga desa satu persatu mulai pecah karena ritual itu tidak berhasil, dan itu artinya kutukan ini terus berjalan dan malapetaka akan terus beralngsung tanpa ada yang bisa menghentikan. Sean yang melihat ayahnya sudah mulai Lelah, meneteskan air mata melihat ayahnya namun tidak kuasa untuk segera menghampirinya, Ia hanya bisa terisak dari tempat duduknya, memandang Pong Dongga yang kian lunglai setelah seluruh tenaga dan kesaktiannya terkuras sia-sia. Kesedihan itu menular, warga desa yang hadir tertunduk lesu, menangisi pemimpin mereka yang kini tampak begitu rapuh di tengah amuk alam yang tak berkompromi.

Setelah beberapa jam (kira-kira empat jam) melakukan ritual itu, Pong Dongga akhirnya berdiri dengan wajah yang kelelahan dan sangat jelas terlihat keputus asaan disana, dan itu membuat warga desa semakin cemas dan ketuktan, karena ritual ini gagal dan kutukan ini pasti akan terus berjalan menimpa mereka semua.

Namun ketika beberapa saat Pong Dongga masih berdiri terpaku dalam keputusasaan, tanah di bawah kaki mereka tiba-tiba bergetar perlahan. Getaran itu mula-mula terasa lemah, nyaris seperti bisikan dari perut bumi. Akan tetapi, seiring detik demi detik berlalu, gempa itu pelan tapi pasti kian menguat, berubah menjadi guncangan dahsyat yang membuat seluruh orang panik dan berlarian menyelamatkan diri.

Sean yang merasakan getaran tanah semakin keras, serta menyadari ada bahaya yang mengancam mereka, ia segera berdiri dan hendak berlari menghampiri ayahnya yang masih membisu dalam ketidak berdayaannya, berdiri tak bergerak di tempat semula. Namun baru saja Sean mencoba mengangkat kakinya untuk melangkah, kakinya mendadak terasa kaku dan tertahan ditanah. Kakinya tak dapat ia angkat, seolah-olah tertanam kuat di dasar danau yang telah mengering itu. Sean berusaha menggerakkan kedua kakinya, tetapi usahanya sia-sia. Tanah di bawahnya seperti mencengkeram dan menahannya dengan kekuatan gaib.

Melihat hal itu, Pong Dongga seketika menoleh ke arah putri tunggalnya. Wajahnya berubah pucat oleh kepanikan. Tanpa ragu, ia segera berlari menghampiri Sean, meski guncangan bumi semakin tak terbendung.

"Bapak... Bapak!" teriak Sean dalam kepasarahan, dengan suara bergetar, yang diliputi ketakutan.

"Tolong, Pak... kaki Sean tidak bisa diangkat!"

Teriakan itu menggema di tengah kekacauan. Pong Dongga terus berlari ke arah putrinya,

Di tengah kekacauan itu, orang-orang berlarian menyelamatkan diri, meninggalkan ayah dan anak itu dalam cengkeraman takdir yang mulai merambat pelan. Gempa semakin kuat mengguncang tanah. Orang-orang yang berhamburan, berlari tanpa arah, menyelamatkan diri dari murka bumi yang seakan bangkit dari tidur panjangnya.

Tak lama kemudian, keanehan berikutnya muncul tanpa diduga. Perlahan-lahan, jari-jari di kedua telapak kaki Sean berubah menjadi tanah yang keras. Perubahan itu bermula dari ujung ujung jari kakinya, lalu menjalar pelan ke seluruh jari kaki lalu telapak kaki, seolah bumi tengah menelan dirinya sedikit demi sedikit.

Peristiwa ganjil itu disaksikan langsung oleh Pong Dongga dan Pak Taruk. Keduanya terpaku, tercengang, hampir tak percaya pada apa yang terjadi di hadapan mata mereka. Bahkan getaran gempa yang semakin kuat dan orang-orang yang berlarian menyelamatkan diri di sekeliling mereka seolah terabaikan, kalah oleh keanehan yang menimpa Sean.

Sean menjerit ketakutan. Matanya terbelalak takut, napasnya tersengal, menyaksikan perubahan yang tak masuk akal itu merayap di tubuhnya.

Melihat kejadian tersebut, Pong Dongga dan Pak Taruk segera berusaha sekuat tenaga menarik Sean keluar dari tempat itu. Namun gempa semakin menggila. Dasar danau yang kering berguncang hebat, sementara retakan-retakan tanah gersang kian membesar dan melebar, siap menelan siapa pun yang terperosok ke dalamnya.

Keadaan menjadi semakin berbahaya. Perubahan pada kaki Sean terus menjalar naik, hingga betisnya mulai mengeras menyerupai tanah. Pong Dongga, Pak Taruk, dan beberapa orang pengikutnya tak lagi sanggup menarik tubuh Sean dari cengkeraman bumi. Satu per satu, orang-orang kepercayaan Pong Dongga terpaksa berlari meninggalkan tempat itu, menyelamatkan diri dari amukan tanah yang tak terkendali.

Dalam kepanikan dan kebingungan, Pong Dongga tetap bertahan. Ia memeluk putri tunggalnya erat-erat, berusaha sekuat tenaga menariknya keluar dari dasar danau yang bergolak. Sean semakin histeris melihat tubuhnya perlahan berubah menjadi tanah.

Dengan keringat bercucuran dan wajah diliputi kepanikan yang belum juga hilang akibat ritual yang gagal itu, Pong Dongga mengangkat suaranya, memohon kepada Dewi Penunggu Danau.

"Dewiiii... jangan ambil anakku..." teriaknya dengan suara pecah.

"Hukum aku saja... ini salahku, ini dosaku!"

Ia terus memeluk Sean, sementara tubuh putrinya itu perlahan kian mengeras.

"Dewiiii... lepaskan anakku!" teriak Pong Dongga sekali lagi, suaranya menggema di tengah gemuruh gempa. Sean hanya menangis, memeluk erat tubuh ayahnya. Dengan suara lirih yang nyaris tenggelam oleh riuh bumi, ia berbisik,

"Bapak... jangan tinggalkan Sean..."

Pong Dongga mengusap air mata putrinya, berusaha menenangkan meski hatinya remuk tak berdaya.

"Bapak tidak akan meninggalkan Sean di sini, sayang," ucapnya dengan suara bergetar.

"Kita akan pulang ke rumah kita, kita akan malam bersama dirumah..."

Menyadari bahwa tak akan ada lagi perubahan dan bahaya kian mendekat di depan mata, Pak Taruk akhirnya berlari memanggil beberapa orang kepercayaannya. Ia memerintahkan mereka untuk segera mengevakuasi Pong Dongga dari tempat itu, meski risikonya sangat besar.

Dengan sekuat tenaga, para pengikut Pong Dongga bersama Pak Taruk menarik tubuh Pong Dongga menjauh dari Sean, yang kini hampir separuh badannya telah berubah menjadi tanah dan mengeras. Tangan Pong Dongga masih memeluk putrinya erat-erat, menolak melepaskan. Namun satu per satu, tangan itu dipaksa terurai. Pelukan ayah dan anak itu akhirnya terlepas.

Saat pelukannya terpisah, Pong Dongga berusaha meraih kembali tangan Sean dan menggenggamnya sekuat tenaga. Sean menangis sejadi-jadinya, memanggil ayahnya dengan suara lirih yang pecah oleh isak.

"Bapak...! Kenapa Bapak tinggalkan Sean...?"

Namun apa daya, tenaga Pong Dongga telah habis setelah menjalankan ritual dan menghadapi gempa yang tak berkesudahan. Ia tak lagi sanggup melawan tarikan para pengikutnya dan Pak Taruk. Perlahan, satu demi satu jari Sean terlepas dari genggaman ayahnya. Ketika jari terakhir itu terlepas, Pong Dongga meraung pilu.

Tangannya menggapai-gapai udara, sementara Pak Taruk dan warga lainnya menyeretnya semakin jauh.

Saat itu, Pong Dongga tak lagi peduli pada jabatan maupun status sosial yang selama ini melekat di pundaknya. Tak ada lagi wibawa seorang bangsawan pada dirinya; yang tersisa hanyalah seorang ayah yang hancur, ia hanya seorang ayah yang kehilangan. Dengan air mata mengalir deras, matanya terus menatap Sean, putri-nya yang perlahan-lahan berubah menjadi tanah yang keras, yang kian menyatu dengan bumi

Pong Dongga dan seluruh warga semakin menjauh, menghindari puncak murka alam yang tak seorang pun pernah menyangka akan terjadi.

Di tengah kekacauan itu, dari kejauhan, Leda tiba-tiba muncul. Ia berlari sekuat tenaga, melawan arus orang-orang yang berhamburan menyelamatkan diri. Tanpa memedulikan bahaya, Leda terus berlari menuju Sean, yang kini berdiri seorang diri, mematung di tengah bekas danau yang kering, tanpa seorang pun di sisinya.

Dalam kesendirian itu, Sean akhirnya menyadari satu hal. Alam menuntut sebuah pengorbanan. Alam meminta satu penebusan, dan penebusan itu adalah dirinya sendiri. Perlahan, Sean berdamai dengan batinnya. Wajahnya mulai terlihat tenang di tengah guncangan gempa dan hujan debu yang turun seperti gerimis kelabu.

Sean mencoba tersenyum, memandang orang-orang yang kian menjauh darinya, termasuk ayahnya dan para pengikut ayahnya. Namun air mata tetap menetes di wajahnya—air mata seorang anak yang menemui takdirnya sendiri Sean berusaha untuk terus tetap tenang, dalam benaknya, bagaimanapun takdir ini tidak akan bisa dirubah lagi. Ia mengukir senyum terakhir untuk ayahnya yang kian menjauh, Sean telah berdamai dengan takdir.

Sementara itu, Leda terus berlari ke arah Sean. Beberapa kali ia terjatuh akibat kerasnya guncangan gempa, namun ia bangkit kembali dan berlari lagi. Dengan susah payah, akhirnya ia berhasil mencapai Sean, yang pinggangnya kini mulai mengeras menjadi tanah.

"Sean... kita akan keluar dari sini," ucap Leda sambil memegang kedua tangan Sean dengan erat.

"Kita akan bermain lagi seperti dulu."

"Leda..." dengan senyum terakhirnya Sean menggeleng pelan.

"Pergi saja. Ini takdirku," ucapnya lirih, dengan air mata yang terus membasahi kedua pipinya.

"Tidak, Sean," sahut Leda sambil terisak.

"Kita tumbuh di tempat ini sejak kecil. Kita bermain di tepi danau itu... dari kecil sampai sekarang."

Leda menoleh ke arah tepi danau yang jauh, yang kini terlihat lebih tinggi dari tempat mereka berdiri, seakan menjadi saksi bisu masa kecil yang tak akan pernah kembali.

"Kita sahabat," ucap Leda dengan napas tersengal. "Bagiku, kau seperti kakak sendiri. Aku rela mengorbankan nyawaku agar bisa membawamu pulang."

Sean berusaha melepaskan genggaman tangan Leda. Namun Leda tak menyerah. Ia kembali menggenggam lengan Sean, seolah hendak menariknya pergi dari tempat itu. Segala usaha itu sia-sia.

"Leda, pulanglah," ucap Sean lembut, membujuk sahabatnya. "Keluargamu menunggumu di sana."

Ia menarik napas panjang, lalu melanjutkan dengan suara yang jauh lebih tenang, "Ini sudah menjadi takdirku."

"Sean, kalau ini takdirmu," sahut Leda tanpa ragu, "berarti ini juga takdirku."

Sean terdiam. Ia hanya tersenyum lirih dan menggelengkan kepala dengan lembut, menolak, namun tak lagi memiliki kata-kata.

Leda terus menggenggam tangan Sean, meski ia mulai merasakan sensasi aneh menjalar dari ujung jari kakinya. Aliran darahnya terasa melambat, kulitnya kian mendingin, dan sendi-sendinya seolah membeku. Namun ia tak merasa takut. Ia justru tersenyum, menatap sahabat kecilnya itu, sambil tetap menggenggam kedua tangan Sean dengan erat.

Perlahan-lahan, tanah di sekitar dasar danau mulai terangkat naik, membentuk bukit kecil. Bukit itu kian meninggi, berubah menjadi bukit yang lebih besar, lalu menjulang semakin tinggi.

Dari kejauhan, Pong Dongga menangis terisak, menyaksikan putrinya kian menyatu dengan alam. Dalam isakannya, ia mulai berdamai dengan batinnya sendiri. Ia menyadari satu hal: Sean adalah anak yang dahulu ia temukan di dekat sumber mata air, dan kini ia kembali kepada asal yang telah memberikannya.

Sementara itu, Leda tak juga melepaskan genggaman tangannya. Tubuhnya ikut terangkat semakin tinggi bersama tubuh Sean. Hingga akhirnya, tubuh Sean hampir sepenuhnya berubah menjadi tanah yang mengeras. Dari ketinggian itu, Sean masih sempat melihat ayahnya di kejauhan, serta seluruh warga desa yang berhamburan di bawah sana. Kini hanya kepalanya yang belum menyatu dengan tanah. Namun sesuatu yang tak terduga pun terjadi. Leda tiba-tiba membatu. Melihat sahabatnya berubah menjadi batu, Sean hendak mengatakan sesuatu. Namun suaranya tak lagi mampu keluar. Perlahan, tubuhnya sepenuhnya tertutup oleh tanah dan batu. Gundukan itu terus meninggi, sementara sosok Leda yang telah menjadi batu menempel abadi di lerengnya, hingga gunung itu mencapai ketinggian tertinggi.

Debu-debu kian tebal turun ke bumi, seakan mengiringi akhir sebuah pengorbanan. Di tempat danau yang dahulu kering dan mati, kini berdiri sebuah puncak gunung yang menjulang perkasa, menembus awan. Pada salah satu dinding tebingnya yang terjal, terpahat sebuah batu yang hamper menyerupai wajah manusia (*Lindo Tau)* yang menatap ke arah desa, lambang kesetiaan yang telah dikukuhkan oleh waktu dan batu.

Setelah puncak gunung itu terbentuk dengan sempurna, kutukan pun sirna. Air kembali mengalir jernih dari mata air baru yang muncul di kaki gunung, menghidupi kembali desa yang sempat mati.

Namun harga yang harus dibayar adalah kehilangan—kehilangan yang tak akan pernah dapat digantikan oleh harta benda apa pun di dunia ini.

Mulai saat itu Gunung itu diberi nama oleh warga Sekitar dengan sebuat **Gunung Sesean**, Gunung yang penuh pengorbanan, peringatan akan kekuatan alam yang tidak bisa dilawan walau sekuat atau sesakti apapun manusia itu, peringatan bagi manusia untuk terus menjaga alam yang memberi kehidupan disepanjang peradaban manusia.

Setelah kejadian itu, Pong Dongga tidak pernah lagi terlihat oleh warga, Pong Dongga menghilang, seorang *To mina* atau *pareng nge'* (Tetua adat, tokoh di desa), yang bijaksana, dihormati oleh warga desa, kini mengilang tanap jejak seperti embun yang hilang tersapu oleh angin pagi dan menguap tanpa jejak oleh sang Mentari.

To mina itu kini menghilang ditelan oleh takdirnya sendiri, dia tidak terlihat, hilang tak berjejak. Namun berbeda dengan Sean Puri angkatnya, Sean tidak hilang, Sean abadi meninggalkan jejak keabadian alam yang tidak tergoyahkan, menjadi legenda, yaah.. legenda dari jaman ke jaman, legenda dari waktu ke waktu. Legenda yang terus menerobos waktu dan peradaban, alam akan terus merawat ledenda itu, Gunung Sesean salah satu dari ribuan legenda yang diciptakan oleh alam untuk manusia.

Inilah kisah yang kita kenal dan kenang sebagai, **'Legenda Putri Sesean'**."

Kembali ke Dunia Moderen Coki dan Nek Sa'Pang

Sore itu, angin dingin mulai berhembus pelan. Kabut tipis turun perlahan, menyelimuti sebagian puncak Gunung Sesean. Gerimis pun jatuh setahap demi setahap, membasahi tanah, daun, dan bebatuan yang telah lama menyimpan kisah. Di Alang Sura' (lumbung padi ber ukir khas Toraja), obrolan Coki dan Nek Sa'Pang terhenti sesaat. seiring Suara hujan yang kian terdengar jelas di telinga. Coki menatap lurus ke depan, matanya menyimpan bayang-bayang sebuah kisah yang baru ia dengarkan, sebuah kisah cerita rakyat yang seolah itu nyata terjadi dimasa lalu, dunia lama yang penuh legenda, pengorbanan, dan luka.

"semua waktu ada tempatnya, dan semua tempat ada waktunya" ucap Nek Sa'Pang lirih, menutup cerita kisah Gunung Sesean, suaranya tenggelam oleh desir angin. "Dunia terlalu cepat berubah. Tapi yang pasti , alam tidak akan pernah berubah, kecuali di dipaksa berubah sama tangan dan kerakusan manusia"

Coki menganggguk pelan. "Semoga Gunung Sesean akan terus terjaga Nek, menjaga seluruh alam di sekitarnya, dan menjaga setiap ceritanya didalamnya"

"Tenang saja, Sesean akan menjaga dirinya sendiri, kita ini manusia, hanya lewat, datang dan pergi, Tapi Sesean tetap akan disana, masih banyak jaman yang akan dia lewati" ucap Nek Sa'Pang dengan rasa penuh keyakinan

Mendengar kalimat Nek Sa'Pang barusan Coki merasakan sesuatu yang hangat mengalir di dadanya, ada ketenangan disana yang dia rasakan. Dia tersenyum dan menyalami Nek Sa'Pang. "Terima kasih Nek, cerita yang sangat luar biasa ini, kalau ada umur Panjang, nanti saya main kesini lagi yah" ucap Coki, yang masih menyalami tangan Nek Sa'Pang, "datanglah, kapan saja nak Coki mau, Selama saya masih disini, saya akan selalu tunggu nak Coki datang, masih banyak cerita-cerita rakyat Toraja yang harus Coki Dengar" kata-kata itu seolah sebuah janji yang barusan di ucapkan orang Tua yang didepannya, sekaligus memberinya sebuah harapan, suatu saat dia akan Kembali lagi di Tanah *Lepongan Bulan* itu.

Coki Pamit lalu perlahan meninggalkan Alang Sura' itu, semenatar diatas lantai Papan Alang Sura', Nek Sa'Pang hanya menatap Coki, hingga Coki menghilang dari pandangannya, Coki berjalan mendekat kearah Gunung Sesean, dan menatap Gunung Sesean, cerita yang baru saja dia dengar sangat membekas dihatinya, cerita rakyat itu, terasa begitu nyata baginya.

Kabut yang semula rapat perlahan menipis, dan di kejauhan tampak cahaya lampu-lampu desa, berkelip seperti bintang yang jatuh ke bumi. Suara hujan berubah menjadi gemuruh kendaraan yang datang menjemput Coki, aroma tanah basah bercampur dengan aroma dedauan terkena air, dan Gunung Sesean perlahan lenyap di balik tirai waktu.

Meski imajinasinya telah kembali ke dunia modern, dan laju kendaraan yang ditumpanginya pergi makin menjauh dari tempat itu. Namun cerita itu tidak pernah benar-benar pergi. Ia hidup dalam ingatan Coki, sebagai peringatan, sebagai warisan, dan sebagai peringatan senyap antara manusia dan alam.

Arnoldus Leo Karra Cibinong, 2 February 2026 2026

Don't miss out!

Visit the website below and you can sign up to receive emails whenever Kara publishes a new book. There's no charge and no obligation.

https://books2read.com/r/B-A-DFMVD-QFXZI

Also by Kara

Legenda Putri Sesean

About the Author

Full Name: Arnoldus Leo Karra
Email: arnoldleokarra@gmail.com
WhatsApp: +62 895 3746 83982
Country of Origin: Indonesia
Languages: Indonesian (native), English (fluent)
Preferred Genres: Historical Fiction, Fantasy, Children's Literature

About the Author:

Hello, my name is Arnoldus Leo Karra, a fiction writer and children's fairy tale author from Indonesia, who is deeply interested in history, local culture, and myths. I have completed several historical fiction novels and a number of children's fairy tale books. My stories are known for blending mystery, conspiracy theories, and rich cultural elements, offering a profound and thought-provoking experience for readers.

In addition to historical fiction, I also write fantasy-based children's fairy tales with strong moral messages, set in imaginative and colorful worlds. I believe that storytelling is a powerful bridge to pass on values and heritage to the younger generation.

Here are some of my works*

"The Legend of the Land Above the Clouds" – Historical fiction set in Toraja"Toraja Mummy (Toraja Stone Burial)" – Action, Adventure, and Fantasy (currently under revision)"Ancient Manuscript at the Bottom of the Rammang River" - Rammang"Eternal Fairy Tales Vol 1" – Fantasy children's fairy talesThe Lost FireflyThe Origin of Agarwood AromaThe Rooster and the Golden IvoryThe Rainbow Fairy and the Black Cloud (the disappearance of the black and white rainbow)The Tale of the Civet and the Goose Egg

In the future, I will write more historical fiction books and inspiring fairy tales that carry strong moral messages, similar to my previous works. I am also open to collaboration with anyone interested in creating animations or films. Thank you.

About the Publisher

Independent publisher focusing on cultural literature, folklore, and Indonesian legends.

www.ingramcontent.com/pod-product-compliance
Ingram Content Group UK Ltd.
Pitfield, Milton Keynes, MK11 3LW, UK
UKHW021244031026
15588UKWH00001B/245

9 798233 147463